LOGOS
일과 선택에 관하여

한 개의 기쁨이
천 개의 슬픔을 이긴다

LOGOS
일과 선택에 관하여

한 개의 기쁨이 천 개의 슬픔을 이긴다

조우성
변호사
에세이

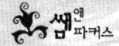

일러두기

이 책에 등장하는 인물들의 이름은 모두 가명이며 나이, 직업 등도 모두 변경했습니다. 사건 당사자로부터 승낙을 얻은 에피소드를 제외한 나머지는 실제 사건에서 기본적인 모티브를 따오되 상당 부분 각색하였습니다.

저자의 글

매일의 크고 작은 선택,
그 선택들이 모여 인생이 된다

"로마인은 수많은 전쟁에서 이겼다. 그러나 이기고 난 뒤에는 양보했다. 중요한 것은 이기지 않고 양보하면 질서가 생기지 않는다는 점이다."

—《로마인 이야기》중에서

내가 의뢰인들과 이야기를 나눌 때 자주 인용하는 말이다. 상대방이 부당하게 나오는데도 적당히 넘어가면서 문제를 회피하려는 의뢰인들에게는 이런 조언을 하지 않을 수 없다. 그런 식으로 해서는 문제가 더 복잡해질 뿐이기 때문이다. 그래서 나는 맞설 때는 맞서고, 물러설 때는 물러서는 법에 대해 말하고 싶다.

《한 개의 기쁨이 천 개의 슬픔을 이긴다》 'LOGOS-일과 선택에 관하여' 편에서는 이러한 생의 지혜에 대해 더욱 집중했다.

*

세상의 갑질로 인해 우리는 숱한 상처를 받으며 살아간다. 이를 피할 수 없다면 받아들이고 어떻게든 슬기롭게 극복해가는 수밖에 없다. 나는 그 한 가지 지혜로 황금비율을 찾으라고 말한다. 상대를 궁지로 몰아넣어서는 안 된다. 완승하는 그 순간은 기쁠지 모르나 그 뒤에 반감은 두고두고 남는 법이다. 그러하기에 상대의 갑질, 세상의 불친절로부터 나를 지키는 가장 아름다운 지혜는 상대방 입장을 고려하면서 내가 원하는 바를 얻는 황금비율을 찾는 것이다.

이러한 황금비율을 찾기 위해서는 상황을 전체적으로 파악하고 나와 대척점에 있는 상대의 감정을 예민하게 감지하고 사려 깊게 고려해야 한다. 외피(外皮)만을 보는 견(見)의 단계를 넘어 핵심을 꿰뚫어보는 관(觀)의 단계, 그리고 최적의 해법을 제시하는 진(診)의 단계에까지 나아가야 한다. 그런 노력이 빛났던 여러 다양한 사례를 이 책에 고스란히 담았다.

직업상 부딪치는 숱한 분쟁들은 내게는 곧 수련의 장이었다. 그 안에서 인생 고수들을 만나 그들의 지혜에 감탄하기도 하고 또 그들의 지혜를 흉내내어보기도 했다. 그리고 그 과정에서 내 오랜 화두에 대한 답을 찾을 수 있었다. 이 책은 내가 그렇게 해서 찾아낸 크고 작은 해답들을 묶은 결실이다.

*

지난 28년간의 법조 생활에서 가장 깊은 통찰을 얻게 된 순간들은 바로 '선택'의 갈림길에서였다. 많은 의뢰인들이 마주한 결정의 기로에서 함께 고민하며 깨달았다. 인생의 궤적은 결국 무수한 선택들의 총합이라는 것을. 매일 크고 작은 선택을 하고, 일생 동안 셀 수 없이 많은 선택을 하며 살아가는 우리에게 가장 중요한 것은 바로 '어떤 선택을 할 것인가'에 대한 지혜일 것이다.

개정판을 준비하는 동안 사회적 갈등이 더 심화되고 옳고 그름의 경계는 점점 더 모호해졌다. 법적 분쟁이 일상화된 이 시대에, 법과 논리가 무기가 아닌 문제 해결의 도구로 쓰이길 바라지만, 현실은 그렇지 못한 경우가 많다. 감정이 논리를 압도하고, 대립이 조화를 밀어내는 상황이 비일비재하다. 자신의 주장만이 옳다는 확신에 사로잡혀 상대의 입장을 고려할 여유를 잃곤 한다. 이러한 때에 더욱 필요한 것이 '로고스(Logos)'의 지혜다. 단순히 승패를 가르는 법의 논리를 넘어, 갈등 속에서도 문제의 본질을 꿰뚫어보고, 공존할 수 있는 최적의 해법을 찾아내는 통찰이 필요하다.

 앞으로도 험난한 수련의 시간은 계속될 것이다. 그 속에서 나는 더 많은 것을 깨닫고 더 앞으로 나아갈 수 있으리라 믿는다. 기쁨과 슬픔은 교차하는 법이다. 승리가 있으면 패배가 있고, 성공이 있으면 실패가 따르기 마련이다. 이 당연하면서도 가슴 서늘한 인생의 진리 앞에서, 우리가 할 수 있는 최선은 균형 잡힌 시각으로 현명한 선택을 하는 것이다.

 이 책을 통해 독자들이 일상에서 마주하는 선택의 순간에 도움이 되는 지혜를 얻길 바란다. 그리고 혹시라도 인생의 고비에서 길을 잃은 이들에게 작은 이정표가 될 수 있기를 바란다.

조우성

차례

005 **저자의 글**

**매일의 크고 작은 선택,
그 선택들이 모여 인생이 된다**

013 벼랑 끝에 선 사람에게 건네야 할 한마디
025 '아는 을'이 갑이다
039 떼인 돈을 받는 가장 극적인 방법
051 극에 달하면 반드시 반전한다
061 아는 만큼 보이고, 실천한 만큼 얻는다
077 마음을 전했을 뿐인데
091 100에서 1을 빼면 0인 경우
105 증거 있는 사실이 진실인 법
121 까다로운 침해자로 살아남기
129 관심으로 묻고 진심으로 듣기
139 오만과 편견, 그리고 신뢰
153 감사할 용기
163 이익을 보면 의리를 잊는다
175 악역도 현명하게, 최선을 다해서

187	왜 알면서도 독배를 마시는가
197	협상의 숨겨진 열쇠, 호감
205	당신도 모르는 사이 자백하게 하는 방법
215	하나의 사실, 두 개의 진실
227	누구나 저마다의 사정이란 것이 있다
237	역린을 건드려서는 안 되는 이유
253	넘어지면서 제대로 걷는 법을 배운다
267	고수의 눈높이에서 세상을 보라
277	해결의 실마리는 사람에게 있다
295	아리스토텔레스에게 배우는 설득의 기술
307	내가 변호사를 선택한 이유

벼랑 끝에 선 사람에게
건네야 할 한마디

♣

"조 변호사, 설 대목 전이라 많이 바쁘지? 30분만 시간 내줄래? 의논할 일이 있어서 말이야."

박대협이었다. 이 친구, 이번에는 또 어떤 엉뚱한 일을 가져오려나? 변호사 생활을 시작한 지 3년쯤 되었을 때 지인의 소개로 대협을 알게 되었다. 그는 홍콩에서 시작한 IT 업체를 미국 펀드에 인수시키며 꽤 큰돈을 벌었고, 그 돈을 발판으로 홍콩과 한국을 오가며 다양한 사업을 시도했다. 나와 동갑인 그는 인물도 성격도 좋은 성공적인 사업가로서 미모의 전문직 여성과 결혼해 남부럽지 않은 삶을 살고 있었다.

나는 대협의 의뢰로 종종 다양한 계약서를 검토하고 협상과 관련한 컨설팅을 해주었다. 그런데 그의 대단한 성공을 하늘이 시샘이라도 한 것일까? 야심차게 진행했던 대규모 투자가 한순간에 무너지면서 그동안 모은 전 재산을 잃었고, 하루아침에 빚더미에 앉게 되었다. "사업, 그거 무서운 거야."라는 어른들 말씀이 실감났다. 존경받던 젊은 사업가에서 졸지에 실패한 거품 벤처기업인이 되어버렸으니 말이다.

하지만 그는 그런 상황에서도 기죽지 않았다. 빚을 갚으라는 채권자에게 "제가 잘돼야 사장님 빚도 갚을 수 있지 않겠습니까? 닦달하지 말고 힘을 주셔야죠, 힘을!"이라며 너스레를 떨고 심지어 교통비를 받아내기까지 했다. 그러나 나를 만나는 자리에선 솔직한 속내를 털어놓았다.

"아내가 고생이지. 아내 명의로 된 신용카드 7개 중에 6개를 내가 쓰면서 돌려막기하고 있다. 천하의 박대협이 이게 무슨 꼴이란 말이냐. 한 방만 제대로 터지면 되는데……."

대협은 포기하지 않고 새로운 비즈니스 기회를 찾기 위해 동분서주했다.

한 번 창공을 날아본 사람은 진흙탕에 빠져서도 시선은 창공을 향한다는 말이 있다. 대협이 그랬다. 작은 일부터 성공시켜서 차근차근 재기의 발판을 다지면 좋으련만, 100억 원이 안 되는 거래는 작다면서 아예 거들떠보지도 않았다. 한판 뒤집기를 원하다 보니 상담을 의뢰하는 프로젝트들은 하나같이 황당하거나 리스크가 큰 것들이었다. 그런 식으로 헛발질을 한 지도 어언 2년, 엄청난 빚을 안고 어떻게 하루하루 살아가는지 가늠이 되지 않았다.

★

과연 오늘은 어떤 프로젝트를 가져왔을까? 회의실에서 마주한 대협은 여전히 자신감에 차 있었다.

"우성아. 이 얘기, 일단 편견 없이 잘 들어봐. 니콜라이 2세라고 들어봤어? 러시아 마지막 황제 말이야. 볼셰비키 혁명 때 일가족은 모두 살해됐거든. 그런데 친척들과 신하들이 니콜라이 2세의 막대한 금과 보물들을 빼돌렸어."

나는 표정 관리에 애를 먹었다. 진실은 칼날보다 날카롭다. 친구의 허황된 꿈을 깨뜨려야 하는 순간, 친구로서의 우정과 변호사로서의 책임이 충돌했다.

"엄청난 금과 보물을 비밀리에 빼돌리는 과정이 얼마나 힘들었겠어. 꽤 많은 사람이 동원됐지. 언젠가는 왕국을 재건할 수 있으리라 기대했던 거야. 그런데 말이야……."

대협은 누가 듣기라도 하는 양 주위를 둘러보더니 나를 향해 손짓했다. 나는 애써 진지한 표정을 유지하며 대협 쪽으로 몸을 기울였다. 그는 낮은 목소리로 소곤거렸다.

"니콜라이 2세의 금과 보물이 어디 있는지 알아? 글쎄, 이게 몽골 곳곳에 묻혀 있다는 거야. 찾기 힘든 곳에 숨겨둔 거지. 이번에 정말 우연한 기회에 보물지도 정보를 가진 정보원을 만났어. 내가 그 사람과 지난주에 몽골에 다녀왔거든. 직접 지도 실물까지 확인했다고."

니콜라이 2세의 보물이라니, 이건 지난번에 말했던 덩샤오핑 비자금 프로젝트와 오십보백보가 아닌가. 그때 그렇게 망신을 당하고도 이 친구는 변함이 없었다. 나는 안타까웠다.

"황당한 소리로 들리는 거 알아. 하지만 캐나다 업체가 몽골에서 금광을 발견했다는 보도가 해외 신문에 났어. 니콜라이 2세의 보물 중 일부를 찾은 거라고. 우리 보물지도에 보면 아직 아무도 찾지 못한 세 지역에 표시가 돼 있어. 몽골 정부로부터 채굴권만 따내면 게임은 끝나는 거지. 다만 초반에 이런저런 돈이 필요하거든. 그래서 이 사업권을 근거로 투자를 좀 유치하려고 해. 그러자니 계약서가 필요해서 네 도움 좀 받으려고 왔어."

이런 황당한 사업을 근거로 외부에서 돈을 받는다고? 투자사기로 고소를 당하면 어쩌려고……. 본능적으로 경고등이 머릿속에서 번쩍였다. 이건 아니었다.

어떻게 말해야 할지 고민스러웠다. 잠깐 기다리라고 하고는 얼른 기사를 검색했다. 키워드는 '광산', '투자', '사기', '구속'. 다행이라 해야 할지, 혹시나 해서 찾아봤는데 아니나 다를까, 대협이 말한 것과 유사한 투자사기를 벌였다가 형사적으로 문제가 된 경우가 여럿 검색됐다.

"대협아, 이 기사들 좀 찬찬히 읽어봐."

기사를 읽는 동안 대협의 표정이 조금씩 어두워졌다.

"친구야, 내가 웬만하면 네 편을 들지. 그런데 이건 아니다, 정말. 뻔히 불구덩이로 들어가는 게 보이는데 구경만 하면 그게 친구냐."

대협은 아무 말이 없었다. 그 침묵은 천 마디 말보다 무거웠다

"제수씨 임신 중이잖아? 그럴수록 위험한 일은 하지 말아야지. 내가 주제넘은 말을 하는지는 모르겠지만 이런 얘기, 남들은 아마 안 할걸? 남들은 네가 위험한 일을 하든 말든 돈 생기면 자기들은 좋은 일이지. 나눠 가지면 되니까. 하지만 잘못되면 너만 다쳐."

대협은 겸연쩍게 웃었다.

"나도 위험하다는 건 아는데, 그래도 만에 하나 보물이 나올 수도 있잖아."

"니콜라이 2세의 보물이 100년간 숨어 있다 왜 하필이면 네 손에 들어가겠냐? 네가 정말 하늘이 내린 행운아라고 생각해? 그런 행운은 남들에게 양보해도 돼."

내가 워낙 강하게 반대하자 대협도 어쩔 수 없다는 표정을 지었다. 그때 대협을 찾는 전화가 걸려왔고, 그는 통화를 하고 오겠다며 회의실을 나갔다. 나는 잠시 내 방에 돌아와 마음을 가라앉혔다. 모처럼 흥이 난 친구의 기를 꺾어놓은 듯해 마음이 편치 않았다. 괜한 참견을 했나 싶어 가슴이 답답했다. 나는 책상에 앉아 컴퓨터 자판을 두드려 편지를 썼다.

친애하는 친구에게

나는 아직도 너를 처음 만났을 때의 모습을 잊지 못한다.
홍콩에서 어려운 상황을 돌파해낸 스토리는 내게도 큰 귀감이 되었다. 지금은 다소 힘들고 외롭겠지만, 나는 너를 믿는다.
넌 반드시 예전의, 아니, 예전보다 더 멋지게 재기할 테니까.
용기를 잃지 않기를 바란다.

언제나 너를 믿는 친구, 우성

유치했다. 하지만 진심이었다. 나는 편지를 출력해서 봉투에 넣었다. 그리고 며칠 전 의뢰인에게 설 선물로 받은 상품권 다섯 장을 같이 넣었다. 엘리베이터 앞에서 대협을 배웅하며 그에게 봉투를 건넸다.

"어? 이건 뭐냐?"

"설이잖니. 제수씨에게 선물 사드려. 남편 체면 좀 세워야지."

"뭐 이런 걸 주고 그러냐."

머쓱해하는 대협. 그는 항상 남에게 퍼주기만 했기에 받는 데는 익숙지 않았다. 그 후 대협에게서 몽골 금광 프로젝트 이야기는 들을 수 없었다.

그 일이 있고 나서 6~7개월 사이에 대협의 삶은 극적으로 바뀌었다. 과거에 그에게 신세를 졌던 후배가 괜찮은 M&A 프로젝트를 제안했고, 대협은 능력을 십분 발휘해 거래를 멋지게 성공시켰다. 연이어 두어 개의 굵직한 M&A를 성공시키며 짧은 기간에 재기의 발판을 다진 것이다. 역시 인물은 인물이다. 나는 대협의 활약상을 신문을 통해 접하며 흐뭇해했다.

*

그해 추석을 앞둔 날 저녁, 오랜만에 대협이 전화를 걸어왔다. 술에 잔뜩 취한 목소리로 당장 사무실 앞으로 내려오라고 했다.

"야, 오랜만이다! 그동안 연락 못 해서 미안했다."

대협은 내 어깨를 툭 치더니 잠깐 같이 걷자고 했다.

"내가 진짜 너에게 고마워할 일이 있거든. 그런데 말이야. 좀 폼나게 인사하고 싶어서 참았다. 뭔 얘기인지 궁금하지?"

몽골의 보물 건으로 나를 만나러 왔을 때 대협의 아내는 그에게 이혼 이야기를 꺼낸 상황이었다. 단순히 경제적 어려움만이 문제가 아니었다. 계속 허황된 무언가를 찾아 헤매는 남편의 모습에 지쳐 있었던 것이다. 그런 상황이다 보니 다급한 마음에 대협은 무조건 큰 것 한 방만을 찾아 뛰어다녔단다.

그날 나를 만나고 난 뒤 대협은 집에 가서 내가 준 편지와 상품권을 아내에게 내놓았다. 대협의 아내는 편지를 보고는 한참 동안 말이 없더니 "당신 친구도 이렇게 당신을 믿어주는데 내가, 가족인 내가…… 미안해요."라고 말하며 울었다고 한다.

그 뒤 대협은 내 편지를 자기 컴퓨터 옆에 떡하니 붙여놓았다고 했다. 아내가 자주 볼 수 있도록 말이다.

"그 편지 지금도 잘 붙어 있어. 그래서 말이야. 내가 술 먹고 늦게 들어갈 땐 꼭 네 이름을 판다. 넌 아내한테 보증수표거든. 하하하. 고마워."

그러고는 흰 봉투 하나를 내 주머니에 쿡 찔러 넣었다.

"제수씨랑 애들 맛있는 거 사주고, 나머지는 비자금 해라! 이게 내 방식이다, 알지? 추석 잘 쇠고!"

아, 한 장의 편지가 그렇게나 큰 역할을 했다니. 나는 봉투를 열어보고 깜짝 놀랐다. 되로 주고 말로 받는 격이었다.

대협은 몇 가지 사업을 진행하다 다시 홍콩으로 건너갔다. 예전처럼 자주 연락을 주고받지는 못하지만 지금도 잊을 만하면 불쑥불쑥 전화를 걸어와 너스레를 떤다.

*

가장 어두운 밤을 견디면 새벽이 오고, 한겨울 가장 차가운 순간이 지나면 그 끝자락에 매화가 피어난다. 용서하기 어려운 사람을 용서하는 것이 진정한 용서라고 한다. 믿음도 그렇다. 믿기 어려운 상황에서도 믿어주는 것이 진정한 믿음이다.

늘 한 방을 찾아다니던 대협은 아내의 믿음을 얻지 못했고, 그로 인해 아내는 결국 이혼이라는 극단적인 선택까지 생각했다. 그는 인생의 벼랑 끝에 서 있었다. 하지만 내가 보여준 조건 없는 믿음에 아내는 자신을 돌아보게 되었고, 남편을 한 번 더 믿어주기로 한 것이다. 그 믿음이 대협에게는 사업 재기를 위한 큰 힘이 되었다.

"나는 너를 믿는다."

내가 편지에서 쓴 그 한마디가 불러온 나비 효과는 지금 생각해도 참 놀랍고 감사하다. 몇 번의 실수를 통해 믿음의 마일리지를 까먹은 사람일수록 어떻게든 한 방에 이를 회복하려고 발버둥치기 마련인데 그 조급함은 더 큰 실수를 낳는다.

조급해하는 사람의 눈을 바라보고 나지막이 말하자.

"난 당신을 믿습니다. 당신은 소중한 사람임을 잊지 말아요."

이 한마디가 벼랑 끝에서 한 걸음 물러나게 하는 힘이 되고, 누군가의 인생을 바꾸는 나비의 날갯짓이 되는 순간을, 당신도 마주할 수 있을 것이다.

'아는 을'이
갑이다

"안경 쓴 경비원 양반 말이야. 전직 국어 선생님이었다네? 어쩐지 사람이 교양 있어 보이더라고."

어머니를 통해 우리 아파트 경비원 중 한 분이 전직 고등학교 국어 교사임을 알게 되었다. 아침 일찍 출근했다 밤늦게 들어오는 나로서는 그분과 잠깐 눈인사나 하는 정도다.

어느 날 어머니가 퇴근한 나를 붙잡아 앉히더니 경비원 송 씨 아저씨 얘기를 꺼냈다. 송 씨는 부인과 일찍 사별하고 혼자 키운 아들이 있는데, 괜찮은 회사에 취직하고 최근 결혼도 했단다.

"그런데 그 아들에게 골치 아픈 법적인 문제가 생겼다네. 송 씨가 그리 자랑스럽게 생각하는 아들인데. 송 씨가 나나 네 아버지에게 참 잘한다. 요즘 그런 사람 없어. 네가 시간 내서 무슨 일인지 얘기나 들어주면 안 되겠니?"

이런 경위로 나는 경비원 송 씨의 아들 송영락 씨를 만나게 되었다.

"아버님이 말씀 주셔서 이렇게 찾아뵙게 됐습니다. 몇

군데 알아보긴 했는데 별 뾰족한 방법이 없다 해서 마음이 답답한 상황입니다."

송영락 씨는 알루미늄 프로파일 및 판재를 제조, 판매하는 중소기업 H사의 과장이었다. 주 업무는 영업이었는데 건설 경기가 어려워져 작년에 이어 올해도 그의 영업 실적은 저조했다. 회사 내에서는 구조조정 얘기도 흘러나오는 터라 어떻게든 성과를 내기 위해 큰 거래 하나를 성사시켜야 하는 절박한 상황이었다.

그러던 차에 송영락 씨의 대학 선배가 중견기업 I사를 소개해주었다. 후배를 도우려는 마음에서였다. 영락 씨는 I사 구매 담당인 한 모 부장을 만났다. I사는 업계 2위를 달리는 회사로 영락 씨가 만약 I사와 거래를 맺을 수만 있다면 작년과 올해의 실적 부진을 일거에 만회할 수 있는 상황이었다.

만나보니 한 부장은 호탕한 사람이었다.

"잘됐네요. 우리 회사가 내년에 충남 서산 쪽에 공장을 새롭게 지을 계획인데, 스펙이나 조건이 맞으면 거래 못 할 것 없죠. 한번 맞춰봅시다."

처음 만났을 때부터 한 부장은 영락 씨에게 친절을 베풀었고 앞으로 꽤 큰 거래가 있을지 모른다는 정보도 주었다. I사 공장 신축에 H사가 자재를 납품할 수 있다면 H사는 약 10억 원의 매출을 올릴 수 있었다. 절벽에 매달려 있는 영락 씨에게 구원의 밧줄이 내려온 셈이었다.

이후 영락 씨는 다른 거래처 발굴은 접어두고 오로지 I사 거래에만 집중했다. 한 부장은 필요할 때마다 수시로 그를 불러댔다. 영락 씨는 한 부장의 요청에 따라 제품 사양을 제출했고 여러 차례 설명회도 가졌다. 한 부장은 자기 요구에 맞게 시제품을 만들어줄 수 있는지 물었고, 영락 씨는 곧 큰 거래를 따올 수 있다고 개발팀을 설득해 별도의 비용을 들여 시제품을 만들어 보내기도 했다. 거기다 한 부장은 술을 좋아했다. 저녁에 술을 마시자며 불러내기 일쑤였다. 술값은 전부 영락 씨가 내야 했다.

*

그러던 어느 날, 이날도 영락 씨는 어김없이 한 부장의 호출을 받았다. 그런데 그날따라 한 부장의 표정이 평소와 달랐다.

"송 과장, 이거 어쩐다. 내가 작업을 거의 다 해놨는데 말이야. 갑자기 위에서 틀어버리는 바람에 이번 공사 건은 송 과장 회사 제품을 쓰기 어려울 것 같아."

영락 씨는 얼굴에 핏기가 싹 가셨다. 이 무슨 마른하늘에 날벼락 같은 소리란 말인가. 영락 씨는 회사에 I사 프로젝트 진행 사항을 계속 알려왔고, 조만간 좋은 소식을 전할 거라는 희망적인 보고까지 해놓은 상태였다.

"아, 한 부장님. 이러시면 저 큰일 납니다. 그동안 별문제 없었잖습니까?"

영락 씨는 절박한 마음으로 한 부장에게 매달렸다. 하지만 한 부장은 대단치 않은 일이라는 듯 심드렁한 표정으로 말했다.

"아니, 뭐 우리가 정식으로 계약을 맺은 것도 아니잖아. 나도 잘해보려고 그랬어. 그런데 회사 일이란 게 마음대로 안 되는 부분도 있잖아. 좀 꼬였어. 다음 기회에는 맨 먼저 송 과장을 찾을게. 이번에는 어쩔 수가 없어. 송 과장이 좀 이해해줘."

석 달간 공들여 작업한 거래가 엎어진 것이다. 이야기를 듣고 보니 영락 씨의 처지가 참 딱하긴 했지만 과연 이 문제를 어떻게 해결할 수 있을지 퍼뜩 좋은 아이디어가 떠오르지 않았다. 나는 자세한 사정을 알고 싶어 영락 씨에게 물었다.

"한 부장은 왜 갑자기 마음을 바꾼 거랍니까?"

"제가 여러 경로를 통해 알아봤는데, 한 부장이 양다리를 걸치고 있었더라고요. 다른 업체가 좀 더 세게 베팅을 한 것 같습니다. 저에게도 평소 뭔가를 바라는 눈치였는데……. 저로서는 감당할 수는 없는 수준이라 모른 척했거든요."

"먼저 법률 상담해본 분들은 뭐라 하시던가요?"

"두 분을 만나봤는데 비슷한 말씀을 하시던데요. 우리 회사가 I사와 계약을 한 것은 아니니 계약 위반 사건은 아니라는 거죠. 그렇다고 한 부장이 사기를 치거나 협박을 한 것도 아니기 때문에 손해배상 책임을 묻기도 어렵다고요. 법적 책임을 묻기 어려운 '절묘한 사각지대'에 있는 사건이라 하더라고요."

영락 씨는 한숨을 쉬었다.

"저로서는 I사 영업 건이 잘될 것처럼 회사에 계속 보고했는데 일이 틀어져서 정말 난감합니다. 이번 일로 회사에서 문책을 당할까 두렵습니다. 어쩌면 권고사직 처리가 될 수도 있고요. 요즘 회사 분위기가 정말 안 좋거든요. I사를 설득해서 일부 물량만이라도 납품할 수 있으면 좋겠는데……."

칼자루를 쥐고 있는 한 부장은 이미 마음이 뜬 상황이다. 다른 변호사들 말처럼 영락 씨가 I사에 법적으로 책임을 묻기도 어려워 보였다. 전형적인 '갑질'이다. 나는 며칠만 시간을 달라고 하고 영락 씨와 헤어졌다.

상황을 정리해보았다. 송영락 씨는 I사와 거래하기를 원한다. 따라서 I사와 완전히 척져서는 안 된다. 특히 구매에 관한 결정권을 쥐고 있는 한 부장과의 관계가 관건인데, 이미 다른 회사에 발주하기로 한 상태라 어설프게 공격해서는 콧방귀도 뀌지 않을 것이다. 압박을 하되 완전히 척지지 않는 방법을 찾아야 하니 그래서 더 난감할 노릇이었다.

나는 판례집과 협상책을 뒤적이며 여기에 적용할 만한 사례를 열심히 찾았다. 그러다 '틈새' 하나를 발견했다. '아, 이렇게 하면 될까?' 솔직히 자신이 서지 않았지만 찬밥 더운밥 가릴 상황이 아니었던 나는 내용증명 한 통을 작성한 다음 영락 씨를 불렀다. 그리고 준비한 작전을 두 시간 동안 알려준 후 내용증명을 그의 손에 쥐어주었다.

"일단 이 방법밖에 없습니다. 한번 부딪혀봅시다."

"제가 잘할 수 있을까요?" 영락 씨는 자신 없는 목소리로 물었다.

나는 그의 어깨를 두드리며 힘을 내라고 했다. 마치 경기장에 선수를 들여보내는 코치처럼.

*

영락 씨는 사전 연락 없이 한 부장을 불쑥 찾아갔다.
"한 부장님, 갑자기 찾아뵙게 되어 정말 죄송합니다."
그동안은 반갑게 맞아주었지만 오늘 한 부장 얼굴에는 못마땅한 기색이 역력했다.
"송 과장, 말귀를 알아먹을 만한 사람이……. 내가 일부러 이러는 것도 아니고 말이야. 이번에는 좀 곤란하니 다음에 같이 하자고 그랬잖아요?"
"네, 부장님. 전 부장님 입장 충분히 이해합니다. 그런데 제가 사실 회사 윗분들에게 I사 건은 수주 가능성이 높다는 얘기를 여러 차례 했거든요. 제 '입방정'이 문제입니다. 그런데 지난번에 부장님이 이번 거래는 힘들다고 말씀하셔서 제가 그대로 보고했더니 감사님이 이렇게 일방적으로 엎어버리는 건 문제가 있다면서 법적 조치를 취해야 한다고 하세요."
"뭐요? 법적 조치? 계약도 안 했는데 무슨 법적 조치를 해요?"

"그러니까요. 전 사실 법을 잘 모르지만 대법원 판례에 보면 계약을 안 해도 계약 협상 중간에 일방적으로 협상을 깨면 손해배상 책임을 진다네요? 감사님이 그러시더라고요."

한 부장의 얼굴이 벌게졌다.

"그래서 제가 '한 부장님은 그래도 우리를 위해 애를 많이 써준 분인데 이렇게 하면 안 됩니다. 앞으로도 거래를 계속해야 하는데요'라고 감사님께 말씀드렸어요. 하지만 감사님은 회사 일을 그렇게 처리할 수는 없다고 하십니다. 모레쯤 I사 대표이사님 앞으로 내용증명을 보낸다고 하시는데…… 일이 너무 커졌습니다."

"뭐요? 내용증명?"

한 부장은 눈을 치켜떴다.

"감사님 의지를 꺾을 수 없을 듯해 걱정입니다. 제가 아까 감사님이 작성 중인 내용증명 초안을 입수했는데 한번 보여드릴까요?"

영락 씨는 내가 작성해준 내용증명 초안을 한 부장에게 건넸다.

수신: I사 대표이사

발신: H사 대표이사

제목: 계약 협상의 일방적 파기에 따른 손해배상 청구의 건

1. 귀사의 일익건승을 기원합니다.
2. 당사 영업 담당은 귀사 구매 담당과의 사이에 지난 3개월간 당사 알루미늄 프로파일/판재 공급 및 설치 공사 계약 체결과 관련하여 진지한 협상을 진행해왔습니다. 당사 영업 담당은 귀사 구매 담당의 요청에 따라 여러 차례 제품 사양에 대한 프레젠테이션과 시제품 제작까지 진행한 바 있습니다.
3. 그런데 귀사 구매 담당은 지난달 10일경 정당한 사유 없이 계약 협상을 일방적으로 중단시켰습니다.
4. 귀사와 당사는 아직까지 구체적인 계약을 체결한 바 없으나, 우리 대법원 판례(99다40418 판결)에 따르면, 계약 협상 교섭 단계에서 상대방에게 계약이 정상적으로 체결될 것이라는 기대를 주고서 상당한 이유 없이 계약 체결을 거부한 것은 계약자유 원칙의 한계를 넘는 위법한 행위로서 불법행위를 구성한다고 보고 있습니다. 이에 당사로서는 귀사 구매 담당의 불법행위를 원인으로 한 손해배상 청구를 준

비 중에 있으며 이를 피보전권리로 하여 귀사의 부동산이
나 매출채권에 대한 가압류 조치도 예정하고 있습니다.
5. 법 조치를 진행하기 전에 귀사에 이러한 사항을 미리 알려
두는 것이 필요하다는 판단 하에 이와 같은 통보서를 보내
게 됨을 심히 유감으로 생각합니다.
6. 이상입니다.

한 부장은 내용증명을 한참 동안 뚫어져라 보더니 눈을 감고 생각에 잠겼다. 올 연말에 임원 승진이 있을 예정이라고 뻐기며 말하던 그였다. 이 내용증명은 한 부장의 승진 시나리오에 재를 뿌릴 수도 있었다.

"아…… 송 과장, 도대체 어떻게……."

"부장님, 제가 어떻게든 막아보려 했는데 저희 감사님이 워낙 강경하셔서……."

한 부장은 한참을 고민하다 어렵사리 말을 이었다.

"음, 이렇게 하면 어떻겠어요? 이미 다른 업체에 말을 해 둔 바가 있어서 전부는 어렵고…… 일부 물량만 H사에 배정하는 걸로 조정해볼게요. 4억 원 정도 물량이면 어떻겠어요?"

"아, 그렇게 해주신다면야 저야 감사하지만, 부장님이

곤란해지지 않겠습니까?"

"이런 내용증명이 회사로 날아오면 절대 안 됩니다. 이 정도 선이면 내용증명 발송을 막을 수 있겠어요?"

"네, 부장님이 이렇게 애를 써주시는데……. 제가 무슨 수를 쓰더라도 내용증명 발송을 막아보겠습니다."

결과적으로 H사는 I사와 4억 원 규모의 계약을 체결할 수 있었다. 처음 기대했던 10억 원에는 못 미치는 수준이었지만 그래도 새로운 거래선을 뚫었기에 영락 씨는 회사에서 좋은 평가를 받을 수 있었다. 덕분에 나 또한 이 일로 어머니와 경비원 송 씨 두 분께 높은 점수를 땄다.

송영락 씨의 어려움을 해결한 데에는 두 가지가 주효했다. 계약 협상을 진행하다가 부당하게 협상을 파기해도 손해배상 청구를 할 수 있다는 대법원 판례(99다40418 판결)가 결정적인 도움이 됐다. 그리고 나는 협상론의 '굿가이, 배드가이' 전술을 활용했다. 즉, 영락 씨에게는 굿가이, 감사라는 사람에게는 배드가이 역할을 부여해 상대방을 적절히 압박함으로써 원하는 결과를 끌어낼 수 있었던 것이다.

*

 살다가 억울한 일을 당했을 때 우리는 분노하거나 좌절한다. '역시 난 을이야', '갑이 우기는데 당할 재간이 없지' 하며 힘없는 스스로를 한탄하고 열악한 환경에 절망한다.

 하지만 고수는 그런 상황에서 감정적 소모에 시간을 쓰지 않는다. 어떻게 하면 이 일을 헤쳐 나아갈 수 있는가, 그 해결책에 집중한다. 떼를 쓸 수는 없다. 그런 우격다짐은 통하지 않는다. 좀 더 세련된 방법이 필요하다. '아는 것이 힘이다'라는 말은 단순한 경구가 아니다. 세상은 결코 공평하지 않다. 그러나 지식은 그 불공평을 이겨내는 힘이 된다.

 송영락 씨가 위기를 돌파할 수 있었던 것은 법 지식과 협상 전술을 잘 활용했기 때문이다. 만약 이를 제대로 활용하지 못했다면 한 부장의 괘씸한 변덕 때문에 회사를 그만둬야 했을 것이고, 두고두고 세상을 원망했을 것이다. 을이라고 무조건 당해야 한다고 생각하지 말자. 을도 갑이 될 수 있다. '아는 을'이 갑이다.

떼인 돈을 받는
가장 극적인 방법

자정을 막 넘긴 시간, 휴대폰이 짧게 울렸다. 페이스북 메시지 알림소리였다. 그런데 모르는 이름이었다.

"저는 예전부터 변호사님 글을 즐겨 보고 있었습니다. 기업 대상으로 혁신마케팅 관련 강의를 하는 사람인데, 지금 제가 겪고 있는 일이 너무 막막해서 이렇게 늦은 시간에 연락을 드립니다."

메시지로만 대화를 주고받으면 시간이 많이 걸릴 듯해 바로 전화를 달라고 해서 통화를 했다.

김승우 씨는 직장을 그만두고 현재 1인 강사로 활동하고 있다. 조직에 얽매이지 않고 자유롭게 활동할 수 있는 1인 강사가 멋져 보일 수도 있지만 실제로는 고단한 삶이다. 1인 강사는 직원 교육이 필요한 기업으로부터 직접 강의 요청을 받기도 한다. 하지만 에이전시 업체가 기업의 요구 사항을 받아 1인 강사들을 섭외해서 패키지로 강의 서비스를 제공하는 방식이 더 일반적이다.

승우 씨는 석 달 전 P에이전시 업체의 요청을 받고 국내 굴지의 대기업인 S사 직원들에게 '조직 혁신과 리더십'

이라는 주제로 5일에 걸쳐 하루 여덟 시간씩 강의와 워크숍이 결합된 총 마흔 시간의 교육을 진행했다. 에이전시 업체로부터는 시간당 15만 원, 총 600만 원의 강의료를 받기로 구두 계약을 했다. 그 정도 금액이면 좋은 조건이었다.

승우 씨는 이번 교육을 위해 보조 강사까지 추가 섭외했다. 보조 강사들에게는 자신의 강의료에서 100만 원을 떼어주기로 했다. 마음 같아서는 혼자 모두 진행해 600만 원을 다 챙기고 싶었지만 강의의 질을 높이기 위해서는 어쩔 수 없었다.

*

승우 씨의 월 수입은 불규칙했다. 많을 때는 300만 원을 넘기기도 했지만, 때로는 100만 원도 되지 않았다. 결혼이 늦었고 그간 아이가 생기지 않아 승우 씨 부부는 고민이 많았는데 다행히도 작년에 아내가 임신을 해 출산일이 다가오고 있었다. 산후조리를 해줄 어른들이 계시지 않아 산후조리원에서 몸을 풀기로 했다. 비용은 2주에 250만 원 정도. 더 저렴한 곳도 있었지만 승우 씨는 아내가 좋은 환경에서 산후조리를 할 수 있게 해주고 싶었다. 그러던 차에 S사 강의를 통해 500만 원을 벌 수 있게 되어 한시름 놓았던 것이다. 가난한 자의 계산은 치밀하고 정확하다. 정교한 톱니바퀴 같은 계획에서 아귀가 조금이라도 틀어지면 아주 난감해지는 위험이 있다.

"제가 강의하는 것을 좋아하긴 하지만 하루에 여덟 시간씩 닷새를 이어서 하면 정말 진이 빠집니다. 하지만 이번 강의는 정말 즐거운 마음으로 했습니다. 강의 후 평가도 5점 만점에 4.7점이라더군요. 강사로서는 이렇게 좋은 평가를 받을 때 큰 보람을 느낍니다. 그런데 에이전시 업체가 아직도 돈을 안 주고 있습니다."

S사는 교육비를 빨리 지급하는 것으로 업계에 널리 알려져 있다. 그러니 S사가 P사에 돈을 주지 않았을 리 없다. 하지만 강의를 마친 후 P사로부터 아무런 연락이 없기에 승우 씨는 2주를 기다리다 조심스레 P사에 강사료 지급을 요청했다.

"정산 중이니 좀 더 기다리세요."

담당자는 사무적으로 대답할 뿐이었다. 승우 씨는 사비를 들여 보조 강사들에게 100만 원을 먼저 송금했다. 그들의 형편이 어렵다는 것을 누구보다 잘 알기 때문이다.

승우 씨는 계속 돈 얘기를 꺼내기가 자존심 상했지만 사정이 사정인지라 망설이다가 P사 대표에게 직접 전화를 했다. P사 김 대표 역시 "조금만 기다리세요. 정산 중입니다."라고 짧게 답을 주었다.

그러다 승우 씨는 우연히 후배를 통해 P사 자금 사정이 무척 어렵고, 작년부터 강사들에게 줄 돈을 떼먹는 일이 심심찮게 발생한다는 얘기를 전해 들었다. 불안해진 승우 씨는 체면 차릴 것 없이 김 대표에게 전화를 걸었다. 김 대표는 어느 순간부터 전화를 받지 않았다. 담당자에게 연락했더니 "이 건은 대표님이 총괄하기로 하셨으니 대표님께 직접 연락하세요."라면서 발을 뺐다. 답답한 마음에 P사 사무실을 직접 찾아가보았지만 문이 잠겨 있었다.

*

승우 씨는 머리가 하얘졌다. 백방으로 알아보니 P사는 다른 회사의 교육도 수주해서 멀쩡히 사업을 하고 있었다. 의도적으로 피하고 있다는 생각이 들었다. 이대로 가다가는 돈을 못 받겠다 싶어 아는 변호사를 찾아가 법률 상담을 받았다. 600만 원의 강사료를 P사에 청구하는 것은 그리 어려운 사건은 아니다. 변호사들은 두 가지 방법을 제시했다.

첫째, P사를 상대로 민사소송을 제기한다. 그런데 정식 소송은 시간과 비용이 많이 들기 때문에 약식 소송인 지급명령 방식을 권했다. 지급명령 신청을 하고 상대방이 이의제기를 하지 않으면 그것으로 확정이 된다. 대략 소요 기간은 3주 내지 한 달.

하지만 상대방이 이의를 제기하면 정식 소송으로 전환되어 비용과 시간이 추가로 든다. 그리고 이의를 제기하지 않더라도 상대방이 돈을 주지 않으면 판결문으로 강제집행 절차를 밟아야 하는데 이 과정에도 시간과 비용이 든다는 문제가 있다. 이 방법으로 진행하는 데 변호사가 제안한 비용은 150만 원이었다(물론 실비인 인지대, 강제집행 비용은 별도다).

둘째, P사 김 대표를 상대로 형사 고소를 제기한다. 처음부터 돈을 주지 않을 생각으로 승우 씨에게 강의를 맡겼다면 형법상 사기죄에 해당될 수 있다. 다만 사기가 성립하려면 'P사가 처음부터 돈을 주지 않으려 했다는 고의'를 승우 씨가 입증해야 한다.

그런데 요즘 경찰 분위기가 민사 문제는 민사 절차를 통해 해결할 것을 선호하지 형사적으로 사건을 '엮는 것'을 싫어하기에 고소장을 부실하게 써서 내면 아예 접수도 받아주지 않는단다. 이런 상황 때문에 고소장을 제대로 작성하는 게 무엇보다 중요하다. 고소장 작성 및 형사 절차를 도와주는 데 변호사가 제안한 비용은 300만 원이었다. 다만 형사 고소만 되면 문제가 빨리 처리될 거라고 변호사는 설명했다.

"민사, 형사 둘 다 진행하기엔 부담이 커서 효과가 더 강력하다는 형사 절차만 우선 진행하기로 결정했습니다. 그런데 확신이 서지 않아 마지막으로 변호사님께 이렇게 실례를 무릅쓰고 질문을 드립니다."

전반적인 정황이 이해가 됐다. 업체 사정이 진짜 어렵거나 아니면 최대한 돈을 늦게 주려고 꼼수를 부리는 중일 것이다.

나는 승우 씨에게 물었다.

"P사와 앞으로도 계속 일을 하실 건가요?"

"아닙니다. 이번 일을 겪으면서 다시는 같이 할 업체가 아니라고 판단했습니다."

P사와 더 이상 거래하지 않을 거라면 좀 세게 나가도 무방할 듯했다. 승우 씨에게 P사는 갑이겠지만 또 다른 관계

에서는 P사도 을의 위치에 있지 않겠는가. 나는 머리를 굴렸다.

"제가 간단히 적어서 메시지로 보내드릴 테니 그 내용을 P사 김 대표의 이메일, 문자, 카톡으로 보내세요."

"그 사람, 제 전화나 연락을 받지 않습니다."

"한번 해보시죠. 어떻게 나오나."

내가 작성해서 페이스북 메시지로 보내준 문안은 이랬다.

김 대표님께

요즘 많이 바쁘신 것 같아 이렇게 연락을 드립니다. S사 강의료와 관련해 자꾸 귀찮게 해드려 죄송합니다. 저도 돈이 급한지라 그렇게 되었습니다.

그런데 가만히 생각해보니 대표님이 S사에서 돈을 받고서도 제게 주지 않을 리는 없을 테고 결국 S사가 문제라는 사실을 깨달았습니다. S사의 갑질에 얼마나 힘드셨습니까?

제가 알아보니 S사는 지난해부터 윤리경영을 강화하고 있습니다. 특히 협력업체와의 관계에서 발생하는 불공정 행위에 대해서는 무관용 원칙을 적용한다고 들었습니다. 제가 S사 윤

리경영팀에 민원을 제기하겠습니다. S사 교육팀이 얼마나 갑질이 심한지, 그래서 중소 에이전시 업체인 P사가 얼마나 어려움을 겪고 있는지, 나아가 저 같은 1인 강사의 어려움이 얼마나 큰지를 알리겠습니다. 과연 이것이 대기업이 갖춰야 할 상생의 모습인지 따지겠습니다. 아마 민원을 받고 나면 S사 교육팀은 사내에서 혼쭐이 날 겁니다.

제가 대표님을 대신해서 이 일을 처리하겠습니다. 조금만 기다려주세요. 그동안 재촉해서 죄송합니다. 건강하세요.

승우 씨는 이 문안을 김 대표의 메일, 문자, 카톡으로 발송했다. 메시지를 보낸 지 정확히 30분 만에 김 대표에게서 문자가 왔다.

"서로 오해가 있었던 것 같네요. 제가 요즘 새로운 프로젝트 수주 때문에 바빠서 피드백을 드리지 못했습니다. 죄송합니다. 계좌번호 불러주세요. 바로 처리하겠습니다."

계좌번호를 보내주니 바로 600만 원이 입금됐다. 석 달 동안 마음고생하며 전전긍긍했는데 문제가 이리 수월하게 풀리다니 어이가 없을 지경이었다.

P사 김 대표는 앞으로도 S사와 계속 거래를 해야 하는데, 승우 씨의 민원이 S사로 들어가면 S사와의 거래는 물

건너갈 게 뻔했다. 김 대표가 가장 신경 쓰고 중요하게 여기는 부분을 건드리니 문제가 해결된 것이다.

승우 씨는 내게 전화를 걸어 조심스레 물었다.

"변호사님, 정말 고맙습니다. 사례를 드리고 싶은데, 제가 어떻게 하면 좋을지 꼭 방법을 알려주세요."

아, 참 어려운 문제다. 통화하는 데 5분, 문안 만드는 데 10분이 걸렸는데 이 일로 돈을 받기가 좀 그랬다. 그래서 이렇게 말했다.

"괜찮습니다. 저도 좋은 일 한 셈 치겠습니다."

"아닙니다. 제가 아무 사례도 하지 않는 건 경우에 어긋나는 일입니다. 어떻게 하면 될지 알려주세요."

나는 이런저런 궁리를 하다 이렇게 제안했다.

"마케팅과 혁신 관련 강의를 하신다고 했죠? 그럼 제가 고문을 맡고 있는 기업에 한 번 출강하셔서 두 시간 정도 강의를 해주시면 어떨까요? 저도 고문을 맡은 기업을 관리해야 하는데 강의를 해주시면 제 체면도 살고, 그쪽이 승우 씨 강의에 만족하면 나중에 유료 강의를 진행할 수도 있을 테고요."

그는 흔쾌히 반기며 말했다. "좋습니다. 그거야 얼마든지 가능합니다. 두 시간이 아니라 네 시간도 좋습니다."

잘됐다 싶었다. 나 역시 고문을 맡고 있는 기업에 멋진 선물을 할 수 있게 됐으니 일석이조였다. 아울러 이번 일로 P사 김 대표도 깨닫는 바가 있기를 진심으로 바란다.

*

관계란 상대적이다. 어느 관계에서는 내가 우월한 입장이지만 다른 관계에서는 상황이 달라질 수 있다. 그리고 관계는 유동적이다. 오늘의 갑이 내일의 을이 되고, 지금의 약자가 시간이 지나 강자가 될 수 있다. 이런 순환의 섭리를 깨닫지 못하고 약한 자에게 유독 가혹하게 구는 사람이 있다. 그런 사람은 언젠가 더 강한 자에게 무너질 수밖에 없다.

'응립여수 호행이병(應立如睡 虎行以病)'이라는 말이 있다. '매는 조는 듯이 앉아 있고, 호랑이는 병이 든 듯 걷는다'라는 뜻이다. 강한 자신의 모습을 감추고 언제나 조심하며 낮은 자세로 임하라는 가르침을 담고 있다. 깊은 물이 소리 없이 흐르듯, 큰 빛이 눈부시지 않듯, 진정한 강자는 자신의 힘을 과시하지 않는다. 고수는 약자 앞에서 허세나 만용을 부리지 않는 법이다.

극에 달하면
반드시 반전한다

국내 옥외광고 시장의 패권을 쥐고 있는 G사는 서울을 비롯한 전국 5개 도시 주요 거점에 설치된 대형 광고판에 대한 운영권을 장기간 독점해왔다. 이 중 서울 지역에 관한 광고판 운영의 위탁 경영을 담당할 업체를 선정하기 위한 입찰을 진행했다. 여러 업체가 입찰에 참가했는데 서류 심사 및 프레젠테이션을 거쳐 최종적으로 D기획이 낙찰을 받았다. D기획으로서는 업계에서 입지를 한 단계 높일 수 있는 절호의 기회를 잡은 셈이다.

G사는 D기획에 업무위탁계약서 초안을 보냈다. D기획이 계약서 초안을 검토해보니 예상대로 여기저기에서 '갑질의 흔적'이 느껴졌다. 과도한 위약벌을 부과하고, 계약 갱신 여부는 전적으로 G사의 판단에 따르며, D기획의 사소한 계약 이행 지연도 해제 사항으로 정해놓는 등 대략 5개 정도의 독소조항(계약의 당사자 중 일방에게만 유리한 불공정 조항)이 발견되었다.

D기획 법무 담당자인 최하진 과장은 고문 변호사와 상의한 끝에 계약서에 대한 수정 의견서를 작성해 G사에 보

냈다. G사 계약 담당자 박홍식 차장은 D기획의 의견을 받아보고는 곧바로 최 과장을 호출했다.

"계약하기 싫으신가요? 낙찰 받았다고 무조건 계약 체결하는 줄 아십니까? 계약 조건이 우리와 맞지 않으면 낙찰 파기하고 다시 입찰할 수밖에 없어요."

박 차장은 짜증 섞인 목소리로 말했다.

"지금까지 우리 회사와 계약하면서 이렇게 계약 내용을 두고 가타부타 트집 잡는 업체는 여기가 처음이에요. 나원 참 어이가 없어서. 계약 조건이 마음에 안 들면 계약 안 하면 될 거 아닙니까?"

최 과장의 등줄기로 식은땀이 흘러내렸다. 회사의 미래가 걸린 중대한 계약이 물거품이 될 수도 있다는 위기감에 본능적으로 고개를 숙였다.

"앗, 차장님, 죄송합니다. 저희가 이런 큰 계약을 해본 경험이 없다 보니 결례를 범한 것 같습니다."

하지만 계약서 초안대로 계약을 한다면 폭탄을 안고 가는 셈이었다. 자칫하다가는 '승자의 저주'에 빠질 수 있다. D기획은 계약이 체결되고 나면 계약 이행을 위해 최소 5억 원이 넘는 신규 투자를 해야 한다. 계약서 초안에 따르면 G사에 너무 포괄적인 권한이 부여되어 있어 D기획의 권리가 제대로 보장되지 않을 가능성이 컸다. 이 부분을 조심스럽게 지적하자 박 차장은 코웃음을 치며 말했다.

"보세요. 우리 회사는 지금까지 5년 넘게 이런 계약을 하면서 단 한 번도 계약서 내용을 바꿔본 적이 없습니다. 아무도 이의제기를 한 적이 없고요. 그런데 왜 우리가 D기획에 대해서만 계약 내용을 바꿔줘야 합니까? 이 계약대로 진행하는 게 우리 회사 방침입니다."

"네, 알겠습니다."

최 과장은 굽힐 수밖에 없었다.

낙심한 최 과장은 회사로 돌아와 상황을 대표이사에게 보고했다. D기획은 공동 대표이사제를 운영하고 있어 대표이사가 두 명이었는데 황 대표는 마케팅 전문이고 윤 대표는 재무와 기획 전문이었다. 두 대표이사의 스타일이 많이 달랐다. 황 대표는 관계 지향적인 사람이라 어지간하면 분란을 일으키지 않으려 하고 '좋은 게 좋다'는 식이다. 반면에 윤 대표는 따질 건 따지면서 회사에 손해가 발생하지 않도록 보수적으로 접근하는 편이었다. 그랬기에 최하진 과장의 보고를 받은 두 사람의 반응은 달랐다.

황 대표의 반응은 이랬다.

"지금까지 다른 회사들이 문제 삼지 않았다는데 우리만

유별나게 굴다가 G사에 찍히면 앞으로 일하는 데 문제가 많을 것 같구먼. 그냥 그들 원하는 대로 하자고."

윤 대표의 생각은 달랐다.

"우리가 먼저 투자해야 할 금액이 상당히 큰데 이렇게 불리한 조항을 안고 계약할 수는 없다고 보네. 지난번 광고 대행 건도 계약서 때문에 곤욕을 치르지 않았나? 그새 잊어버렸나? 힘들더라도 G사 담당자를 설득해서 어떻게든 독소조항들은 바꿀 수 있도록 해야지."

두 대표의 생각과 지시 사항이 다르니 최 과장은 난감했다. 까칠하게 계약조항 수정을 거론했다가 계약 자체가 문제가 되면 황 대표에게 질책을 당할 테고, 그냥 G사가 원하는 대로 계약을 체결했다가는 윤 대표에게 무능한 직원으로 찍힐 것 같았다.

★

오랜만에 나를 찾아와 이 문제를 상담하는 대학 후배 최하진 과장에게 나는 타박부터 했다.

"어려운 문제네. 넌 왜 어려운 일만 갖고 날 찾아오니?"

"선배님, 죄송합니다. 정말 죄송해요. 근데 진짜 진퇴양

난입니다. 방법이 없을까요?"

사실 계약서 조항을 일방적으로 유리하게 작성해놓고 바꿔주지 않겠다는 '갑'의 행태는 워낙 흔한 일이라 새삼스럽지도 않았다. 이 일은 계약 파기를 피하면서도 독소조항은 적절히 수정해야 하는, 마치 지뢰밭에서 지뢰를 살살 피해가면서 목적지까지 도달해야 하는 까다로운 일이었다.

"자기네는 딱 정해진 한 가지 계약서만 계속 썼다는 거지?"
"네, 바꿔본 역사가 없답니다."
"거기서 주로 사용하는 계약서가 운영위탁계약서고?"
"네, 자기들이 관리하는 장소의 광고판을 저희 같은 기획사가 운영하도록 맡기는 내용의 계약서예요. 저도 어지간하면 그냥 넘어가려 했는데 독소조항 몇 개는 정말 심해요. 리스크가 큽니다."

순간 나는 한 가지 방법이 떠올랐다. 이를 최 과장에게 설명하자 그는 주의 깊게 내 말에 귀를 기울였다. 최 과장은 내가 제시한 방법으로 G사와 다시 논의해보기로 했다.

다음 날, 최 과장은 G사 박 차장에게 전화를 걸었다.

"박 차장님, 지난번 말씀을 듣고 내부에서 결재를 받는 과정에서 문제가 하나 생겼습니다. 저희 대표님들이 G사가 그동안 정말 한 가지 계약서만을 사용했는지 정확히 확인해보라고 하세요. 간략히 그 내용을 메일로 보내주시면 제가 결재를 받는 데 도움이 되겠습니다."

박 차장은 귀찮다는 듯한 말투로 알았다고 대답했다. 도착한 박 차장의 메일을 보니 내용은 지극히 간단했다. 사실 최 과장이 딱 원하는 수준의 답변이었다.

당사가 위탁업체와 체결하는 위탁운용계약서는 별첨과 같은 방식이며, 이는 모든 거래 업체들이 공히 사용하고 있는 바, 개별 조항에 대한 수정 또는 보완은 당사의 방침과 부합하지 않음을 알려드립니다.

다음 날 최 과장은 박 차장을 찾아갔다.

"차장님, 그런데 조금 문제가 생겼습니다. 저는 G사에서 주신 계약서 초안대로 계약을 진행하려고 했는데요, 예상치 못한 법적 문제가 발견되었습니다. 저희 감사님이 문제를 제기하시네요. 법 위반이라고요."

"뭐라고요? 법 위반?"

"네, G사는 그동안 여러 업체와 운영위탁계약서를 체결하면서 딱 한 가지 형식의 계약서만 사용했다고 그러셨잖아요? 그럼 그게 일반 계약이 아니라 약관규제법상의 '약관(約款)'으로 취급된다고 합니다. 왜 우리가 여행 상품을 구입하거나 보험 가입할 때 깨알같이 작성돼 있는 거 있잖습니까."

"아니, 이게 계약이지, 무슨 약관이란 말이에요?"

"어느 일방 당사자가 작성하고 계속해서 반복 사용하고 있다면 약관으로 취급된답니다. 어제 차장님이 메일로 그렇게 밝히셨잖아요. 운영위탁계약은 바꿔본 적이 없다고요. 그런데 그게 바로 약관임을 증명하는 증거라고 하더라고요. 저희 감사님 말씀이요."

"그럼 어떻게 되는데요?"

"약관은 약관규제법의 규율을 받게 됩니다. 따라서 그 계약 내용이 갑과 을에게 공평하게 작성돼야 하고 만일 그렇지 않으면 약관은 무효가 된답니다. 지금 주신 계약서 초안 중 몇몇 조항은 공정거래위원회에 신고하면 바로 무효가 될 거라고 하시네요."

최 과장은 박 차장의 눈치를 보며 말을 이어갔다.

"그런데 더 큰 문제는 지난 5년간 G사가 여러 업체랑 체결했던 계약도 약관이어서 전부 무효가 된다는 겁니다. 그럼 문제가 아주 심각해질 것 같더라고요. 저희 감사님이 차장님 메일을 보시고는 그렇게 말씀을……. 여하튼 죄송합니다."

박 차장은 한동안 말이 없더니 입을 열었다.

"난 그런 복잡한 얘기는 모르겠고요. 근데 지금 문제가 되는 조항이 뭐죠? 불러보세요."

최 과장은 가장 심각한 독소조항이라 여긴 3개 조항을 거론했다.

"알겠습니다. 이거 원칙적으로 안 되는 거지만 제가 힘써서 수정하는 쪽으로 해보죠. 대신 그 감사라는 양반, 이 문제 가지고 공정거래위원회나 이런 쪽 들쑤셔서 시끄럽게 하지 않도록 해주세요."

"아, 네, 특별히 유념해서 진행하겠습니다. 차장님, 정말 번거롭게 해드려 송구합니다."

권력의 오만함이 만들어낸 경직성이, 역설적이게도 그들의 아킬레스건이 되어 그들을 무너뜨린 순간이었다. 물극필반(物極必反)의 진리가 현실이 된 것이다. 본인의 이메일 때문에 G사의 모든 계약이 약관으로 인정되면 문제는 걷잡을 수 없이 커져버린다는 것을 깨달은 박 차장이 한발 물러선 것이다. 최하진 과장은 명분과 실리를 모두 얻었고, 나는 선배 체면을 세울 수 있었다.

*

 박홍식 차장이 강하게 내세웠던 입장은 뜻밖에도 재미있는 방향으로 흘러갔다. '내 계약서는 한 번도 바꿔본 적이 없는 강력한 것이다'라는 주장 때문에 '그렇다면 그 계약서는 약관으로 취급되어 더 강력한 법의 규제를 받아야 한다'는 역설적인 결론에 도달한 것이다.

 물극필반, 사물의 전개가 극에 달하면 반드시 반전한다는 뜻. 흥망성쇠는 반복하는 것이므로 어떤 일을 할 때 지나치게 욕심을 부려서는 안 된다는 의미로도 해석된다. 바람이 불 때 적절히 휘어지는 대나무는 결코 부러지지 않는다. 대나무가 바람 앞에 흔들림으로써 끝내 부러지지 않는 것은 부드러움의 역설이며, 유연함의 지혜다.

 손자병법은 '최고의 승리'를 백 번 싸워 백 번 이기는 것이 아니라 싸우지 않고 적을 굴복시키는 것이라고 했다. 최하진 과장은 정면 대결을 피하고 법리라는 지렛대를 활용해 상황을 전환시켰다. 상대방의 유리한 입장을 역으로 활용하고, 강하게 밀어붙이는 힘을 되돌려 승리로 이끈 것이다. 위기가 기회로 전환되는 순간, 물극필반의 역설이 완성되었다.

아는 만큼 보이고,
실천한 만큼 얻는다

♣

어느 날 최상명 씨가 찾아왔다. 자신의 아이디어를 대기업이 도용한 문제로 상담할 것이 있다고 했다. 그는 내가 1년 전 스타트업 CEO를 대상으로 했던 법률 강의를 들었다고 했다. 대학생처럼 보였는데 명함을 보니 CEO라고 적혀 있어서 나이를 물어봤더니 30대 중반이라 했다. 상당히 동안이었다. 상명 씨는 온라인 마케팅 컨설팅이 주업인 스타트업 B사를 운영하고 있는데 직원은 본인을 포함해 네 명이었다.

"강의에서 변호사님이 사례로 들어주셨던 경우와 비슷한 일이 생겼습니다."

상명 씨는 '모바일과 SNS를 활용한 회원 충성도 제고 프로모션 기법'이라는 마케팅 솔루션을 만들었고, 6개월 전 대기업 A사 패션사업부에 제안했다. A사 패션사업부의 주 타깃인 20~30대 여성들을 겨냥해서 만든 위치 기반 서비스로 비콘, SNS, 리워드 방식을 유기적으로 결합한 프로모션 방식이었다.

온라인 프로모션은 대개 서로 엇비슷해서 딱히 특별할

것이 없다. 그런데 최상명 씨가 제안한 방식은 내가 들어도 상당히 매력적이었다. 그는 A사와 연결될 만한 특별한 연고가 없어 A사 패션사업부 대표 메일로 자신의 프로모션 기법을 알렸고, 얼마 후 A사에서 관심을 보여 방문 요청을 했다고 한다. 그렇게 직접 찾아가 아이디어를 소개하게 되었다는 것이다.

여기까지 설명을 들은 나는 상명 씨가 앞으로 얘기할 사건이 눈앞에 그려지는 듯했다. '이런 경우라면 내가 큰 도움을 주기 어렵겠구나' 하는 생각이 들었다. 사실 대기업에 아이디어를 제안했는데, 상대방이 표면적으로는 관심 없다 해놓고는 나중에 이를 슬쩍 베끼는 일은 흔하다. 반면 아이디어를 도용한 상대를 공격할 만한 마땅한 방법을 찾기는 어렵다.

*

아이디어를 보호하는 제도가 바로 '특허'다. 내가 어떤 아이디어에 대해 특허를 출원해서 등록해놓았다면 특허 침해가 발생할 경우 민형사상 제소를 할 수 있다. 그러나 원천기술이 아닌 사업 아이디어, 기획 등은 별도로 특허 출원을 하지 않는 경우가 많고, 설사 특허 출원을 했다 하더라도 등록되는 경우는 많지 않다. 결국 특허가 없으면 효과적인 공격을 할 수 없다.

단, 특허 출원을 하지 않았더라도 자신의 아이디어를 보호받을 수 있는 경우가 있는데 '영업비밀'로 인정되는 경우다. 하지만 영업비밀이 침해되었음을 이유로 상대를 공격하려면 갖추어야 할 요건이 만만치 않다. 나는 시간 낭비를 줄이기 위해 서둘러 결론을 말했다.

"A사가 최상명 씨 아이디어를 몰래 베꼈다는 걸 문제 삼으려 하시는데, 해당 프로모션 방식이 특허로 등록되어 있지는 않죠? 사실 그런 경우까지 특허로 등록하기는 어렵죠. 좀 아쉽긴 하지만 특허로 등록되어 있지 않으면 아이디어 침해를 이유로 공격하기는 어렵습니다."

그러자 상명 씨는 고개를 갸웃했다.

"특허로 공격할 거 아닌데요? 영업비밀로 문제 삼아보려고 합니다."

아, 영업비밀. 그가 생각보다 이 분야에 대한 이해가 있어 보여 이야기가 좀 편할 듯했다.

"영업비밀로 공격한다고요? 물론 가능한 접근이지만 갖춰야 할 요건이 좀 많습니다."

영업비밀로 공격하기 위해서는 무엇보다 프레젠테이션 내용이 영업비밀에 해당한다는 점을 상대방에게 알렸어야 한다. 하지만 이런 조치를 미리 취해두는 경우는 거의 없다.

"이 정도면 되겠습니까?"

그는 무표정한 얼굴로 준비해온 출력물을 내놓았다. 당시 A사 담당자들에게 제공했던 프레젠테이션 자료였는데 하단에는 '본 제안서상의 비즈니스 모델은 당사의 영업비밀로서 보호되고 있음을 이 제안서를 받아보는 분들은 충분히 인지합니다'라는 문구가 적혀 있었다.

'아니, 이런 걸 적어두었다고? 이 정도로 준비하기가 쉽지 않은데.'

하지만 그것만으로는 충분치 않았다.

"잘하셨네요. 그런데 사실 그쪽에서 이 문구를 '못 봤다'라고 우길 수 있습니다. 그럼 좀 곤란해집니다. 그래서 현실적으로 쉽지 않긴 하지만 흔히 NDA라고 하는 비밀유지 약정을 맺어둘 필요가 있는 것이죠."

핵심적인 아이디어라 유출에 대한 위험성을 느낀다면 NDA(Non Disclosure Agreement)를 제시하고 상대방에게 사인을 받을 필요가 있다. 을이 NDA를 작성해달라 요구

할 경우 갑은 "왜 이리 빡빡하게 구는 거요. 차라리 안 듣 겠소."라면서 문전박대할 수 있다. 하지만 을에게 호기심과 매력을 충분히 느끼는 갑이라면 '어라? 도대체 뭐기에 이 정도 배짱을 부리는 거지? 한번 들어보고 싶군' 하고 생각할 수도 있다.

내 말이 끝나기도 전에 상명 씨는 다시 무표정한 얼굴로 '비밀유지약정'이라 적힌 문서를 책상 위에 올려놓았다.

"이 정도면…… 되겠습니까?"

'앗, 이런 것까지 준비했다니!' 싶어 나는 적잖이 놀랐다.

"A사에서 순순히 써주던가요?"

"이걸 써야만 전체 그림을 보여줄 수 있다고 했더니 실무 담당자가 대수롭지 않게 써주던데요?"

비밀유지약정서 끝부분에 A사 실무자의 서명이 있었다. 대단한 준비성이다. 인정한다. 하지만 아직 끝난 것이 아니다.

"음, 준비를 많이 하셨군요. 그런데 우리가 대외적으로 '이건 우리 영업비밀이다'라고 주장하는 것과 '실제 이 정보가 영업비밀에 해당한다는 점을 밝히는 것'은 별개의 문제입니다. 특허는 특허청에 출원해서 등록하는 대외적인 절차가 있지만, 영업비밀은 순전히 내부에서 관리하는 것이라 나중에 입증하는 데 문제가 있거든요."

상명 씨는 다시 예의 그 무표정한 얼굴로 자료 뭉치를 책상 위에 올려놓았다.

"이 정도면 되겠습니까?"

클리어 파일 형태로 깔끔하게 정리된 문서였는데 겉장에 'Trade Secret(영업비밀)'이라는 스탬프가 찍혀 있었다. 회사 내부에서 영업비밀 관리를 하고 있었음을 보여주는 자료다.

나는 설마 하는 심정으로 물었다.

"혹시 이 영업비밀을 등록까지 해놓으신 건……."

"아, 이거 말씀하시나요?"

상명 씨는 다시 서류 하나를 내 앞에 꺼내놓았다.

특허청 산하 영업비밀보호센터가 발급한 영업비밀 원본 증명서였다. 영업비밀인지 아닌지를 두고 논란이 생길 경우를 대비해서, 수수료를 조금 내면 회사의 영업비밀을 등록해준 다음 유사시에 이를 증명해주는 제도를 사용한 것이다. 대기업도 아닌 스타트업에서 이 정도로 완벽하게 영업비밀에 대한 보호 조치를 해두다니, 놀라울 따름이었다.

"이렇게까지 하기가 진짜 쉽지 않은데……. 어떻게 이런 조치를 다 해놓으셨습니까?"

"변호사님께서 강의하신 내용을 하나하나 실천했을 뿐입니다."

상명 씨는 노트를 가방에서 꺼내 책상 위에 올려놓았다. 그동안 외부에서 들었던 강의 내용들을 정리해놓은 것인데, 내가 강의한 내용을 손가락으로 짚어 보였다.

'무서운 사람일세. 이거 장난이 아닌데.'

나는 자세를 고쳐 앉았다. 그리고 상명 씨의 이야기에 집중했다.

*

A사는 6개월 전 최상명 씨의 마케팅 제안을 듣고는 시큰둥한 반응을 보였다고 했다.

"콘셉트 자체는 흥미롭지만 우리 회사에 적용하기에는 적절치 않습니다."

"비용을 들여서 이런 마케팅을 했을 때 과연 투자 대비 수익이 충분히 나올지 확신이 안 섭니다."

두 시간에 걸쳐 열심히 설명만 하고 별 소득 없이 미팅을 끝내야 했다. 그 뒤 A사로부터 별다른 연락이 없었다.

그리고 6개월 후, A사 패션사업부는 대대적인 고객 이벤트를 벌였는데 상당히 호의적인 반응을 얻었다. 그런데 그 이벤트는 상명 씨가 제안했던 아이디어였다. 언론으로부터 최신 IT 기술을 절묘하게 활용해 고객 눈높이를 맞춘 성공적인 이벤트라는 호평까지 받았다. 업계에서도 화제가 되었다.

"여기 인터뷰 기사 사진에 있는 사람 중 한 명이 제 프레젠테이션을 들었던 사람입니다."

상명 씨가 보여준 기사 사진에는 A사 마케팅 팀원 여러 명이 파이팅 포즈를 취하며 밝게 웃고 있었다.

"알겠습니다. 그럼 최상명 씨가 원하는 바를 말씀해주세요."

상명 씨는 오랜만에 얼굴에 미소를 띠며 말했다.

"제 아이디어를 제대로 평가받고 싶습니다. A사가 대박을 낸 이 아이디어는 제 아이디어입니다. 제게 로열티를 주든지 아니면 제 아이디어라는 것을 어떤 식으로든 공식적으로 밝혀주기를 바랍니다. 우리 회사로서는 그것만으로도 업계에서 신뢰를 얻을 수 있을 테니까요."

그러고는 강의 노트 한 부분을 손가락으로 가리키며 말했다.

"이럴 경우 내용증명을 보내 문제를 해결하는 것이 변호사님의 주특기라고, 강의 끝나기 10분 전쯤 말씀하셨던 기억이 납니다. 그래서 이렇게 의뢰를 하러 왔습니다."

그래, 이 정도로 준비가 잘 돼 있는데 못할 일이 무어란 말인가? 나는 곧바로 내용증명을 작성했다.

수신: A주식회사 대표이사 김○○
발신: 로펌 머스트노우 변호사 조우성
제목: 영업비밀 침해 사실 및 법 조치 통보에 대한 건

1. 귀사의 발전을 기원합니다.
   발신인은 B주식회사(대표이사 최상명, 이하 '의뢰인'이라고만 합니다)의 위임을 받고 귀사에 이와 같은 통보서를 보내게 되었습니다.
2. 의뢰인은 2015. 2. 4. 귀사 패션사업부 김○○ 차장, 박○○ 과장에게 '모바일과 SNS를 활용한 회원 충성도 제고 프로모션 기법'에 관한 마케팅 아이디어(이하 '본건 아이디어'라 합니다)를 제안한 바 있습니다.
3. 본건 아이디어는 의뢰인의 중요한 영업비밀이라 회사 내에서 영업비밀로 엄격하게 관리되고 있으며, 한국특허정보원

에 영업비밀로 등록까지 되어 있습니다(별첨1: 영업비밀 원본 증명서).

4. 의뢰인은 본건 아이디어가 영업비밀이라는 점을 당시 프레젠테이션 자료에 명시적으로 기재하였고(별첨2: 프레젠테이션 자료), 혹시라도 모를 영업비밀 부당 유출을 막고자 귀사 담당자와 비밀유지약정(NDA)을 체결하기까지 하였습니다(별첨3: 비밀유지약정서).

5. 귀사 담당자는 의뢰인으로부터 제안을 받은 뒤 본건 아이디어는 귀사에게 적용될 가능성이 없다는 취지로 답변하였던 바, 의뢰인은 이를 사실로 받아들였습니다.

6. 한편 최근 귀사는 귀사 고객을 대상으로 한 ○○○ 이벤트와 홍보 마케팅을 대대적으로 펼쳤고, 이는 대단한 효과를 본 것으로 언론에 여러 차례 기사화되었습니다. 그런데 의뢰인이 확인해본 바에 따르면 귀사의 위 이벤트와 마케팅은 의뢰인이 귀사 담당자에게 제안했던 본건 아이디어가 고스란히 반영된 것임을 확인할 수 있었습니다(별첨4: 귀사 이벤트와 본건 아이디어의 비교 자료표).

7. 귀사 행위에 대한 법적 평가

   가. 부정경쟁방지 및 영업비밀보호에 관한 법률(이하 줄여서 '부경법'이라고만 합니다) 제2조 3호 라목(계약 관계 등에 따

라 영업비밀을 비밀로서 유지하여야 할 의무가 있는 자가 부정한 이익을 얻거나 그 영업비밀의 보유자에게 손해를 입힐 목적으로 그 영업비밀을 사용하거나 공개하는 행위)에 따르면 귀사의 행위는 명백하게 의뢰인의 영업비밀을 침해한 행위입니다.

나. 이처럼 영업비밀을 침해한 행위에 대해서는 민사적으로 금지청구의 대상이 되는(부경법 제10조) 한편, 손해배상 청구의 대상도 됩니다(부경법 제11조). 의뢰인은 현재 귀사의 영업비밀 침해로 인한 손해액을 산정 중에 있습니다.

다. 아울러 영업비밀 침해 행위는 부경법 제18조 2항에 따르면 5년 이하의 징역 또는 5천만 원 이하의 벌금에 처할 수 있는 범죄행위라는 점을 명백히 알려드립니다.

8. 의뢰인의 요구 사항

이에 의뢰인은 귀사에 다음과 같이 요구합니다.

가. 의뢰인의 영업비밀을 귀사가 정당한 절차 없이 함부로 사용하게 된 경위를 밝혀주시기를 바랍니다.

나. 향후 이 문제에 대해 어떠한 후속 조치를 할 것인지를 밝혀주시기를 바랍니다.

다. 위 가, 나 항에 대해 본 통보서를 받은 날로부터 7일 이 내 발신인에게 서면으로 의견을 보내주시기를 바랍니다.

9. 의뢰인은 귀사와의 분쟁이 원만하게 해결되기를 바랍니다. 하지만 만약 귀사가 위 8항에 대해 제대로 답변하지 않을 경우 부득이 위 7항에 기재한 바와 같은 민·형사상의 조치를 취할 수밖에 없음을 밝히오니 이 점을 주지해주시기 바랍니다.

10. 이상입니다.

의뢰인의 증빙 자료가 부족할 경우 통보서 작성에 애를 먹지만 이 사건은 확실한 증빙 자료가 차고 넘쳐서 말 그대로 문장이 술술 나왔다.

통보서를 보낸 지 며칠 만에 A사 법무팀에서 연락이 왔다. A사는 이 문제를 적극적으로 해결하고자 하니, 필요한 후속 조치를 취하기 위해 만나자는 것이었다. 다급해 보였다. 나와 최상명 씨는 A사를 방문해 수 시간 논의한 끝에 다음과 같이 합의를 보았다.

1. A사와 B사는 본건 아이디어 사용과 관련한 라이선스 계약을 체결한다.

2. A사가 본건 아이디어를 사용한 것과 관련해서 컨설팅 용역비 명목으로 3천만 원을 지급한다.
3. 대외 홍보 자료에 본 아이디어는 A사와 B사가 공동으로 창안한 것임을 밝히며, B사가 이를 자사의 레퍼런스로 활용하는 데 있어 A사가 적극적으로 도움을 주기로 한다.
4. B사는 이번 사태와 관련하여 A사에게 일체의 민·형사상 책임을 묻지 않기로 한다.

'아는 만큼 보인다'는 말이 있다. 그런데 아는 만큼 실천해서 자기 권리를 지킨다는 것은 더욱 어려운 일이다. 그 점을 잘 알기에 최상명 씨가 참 대단해 보였다. 나는 그 후 B사와 고문으로 일하는 계약을 체결했다. B사는 항상 나를 긴장시키는 기업이다. 틀림없이 내가 한 말을 전부 다 기억하고 있을 최상명 씨가 대표로 있으니 말이다.

*

송명시대의 학자 정자(程子)는 《논어》를 읽은 사람을 크게 넷으로 나누었다. 《논어》를 읽고도 아무렇지도 않은 사람, 다 읽은 뒤 한두 구절을 얻고 기뻐하는 사람, 다 읽은 뒤 좋아하는 사람, 그리고 자기도 모르게 손으로 춤을 추고 발로 뛰는 사람이 있다고 했다. 또한 그는 "《논어》를 읽기 전에도 이러한 사람인데 다 읽고 나서도 또 다만 이러한 사람, 즉 아무런 변화가 없는 사람이라면 그것은 읽지 않은 것이다."라고 말했다.

"실천하지 않는 지식은 가치가 없다."는 체호프의 말처럼, 진정한 독서는 읽기에서 그치는 것이 아니라 앎으로 승화되어 삶의 변화를 이끌어내야 한다. 수많은 정보와 지식 속에서 진정한 보석을 골라내어 자신의 삶에 녹여내기 위해 노력하는 사람. 급변하는 오늘날 우리가 지향해야 하는 지식의 전사가 바로 이런 모습이 아닐까.

마음을
전했을 뿐인데

이우현 씨는 작은 회사를 창업해서 경영을 하다가 업계 불황과 거래처 부도가 맞물리면서 결국 회사를 폐업 처리하게 되었다. 폐업 후 회사에는 5억 원의 빚이 있었다. 남은 재산으로 3억 원의 빚을 갚았으나 나머지 2억 원 정도를 아직 갚지 못했다.

남은 빚 2억 원 중 K상호신용금고에서 빌린 1억 원은 우현 씨에게 특히나 뼈아팠다. 그는 그 돈을 운전자금으로 빌렸는데 신용금고 요청으로 보증인을 세워야 했다. 회사에 다른 임원이라도 있었으면 보증인으로 세웠을 텐데 소규모 회사다 보니 임원은 우현 씨뿐이었다. 하는 수 없이 공무원 시험을 준비하던 동생에게 보증을 부탁했다. 우현 씨의 동생 정현 씨는 형의 부탁에 따라 보증을 섰다.

회사가 폐업 처리되고 매월 내야 할 이자를 내지 못하자 상호신용금고는 우현 씨에게 대출금 전액을 일시에 갚을 것을 독촉했다. 월 이자를 내지 못하면 대출 만기까지 기다리지 않고 대출금 전액을 일시에 갚아야 하는데 이를 '기한이익 상실'이라 한다. 상호신용금고는 연대보증인인

정현 씨에게도 독촉을 했다. 하지만 사업에 실패한 우현 씨나 공무원 시험을 준비 중인 정현 씨나 빚을 갚을 형편이 못 되었다.

신용금고는 몇 번 더 독촉을 하더니 언제부턴가는 연락을 끊었다. 오히려 연락이 없으니 더 불안했다. 우현 씨는 자기보다 동생이 더 걱정되었다. 혹시라도 채권자가 정현 씨를 신용불량자로 등재해버리면 공무원 시험을 준비하는 동생이 불이익을 받을지 모른다고 생각했기 때문이다.

*

얼마의 시간이 흐른 뒤 우현 씨는 상호신용금고로부터 통보서 하나를 받았다. 상호신용금고가 갖고 있던 이우현 씨에 대한 채권을 P캐피탈로 이전하므로 앞으로 채권 추심은 P캐피탈이 진행한다는 내용이었다.

우현 씨는 덜컥 겁이 났다. P캐피탈이 어떤 회사인지 정확히 알 수는 없지만 상호신용금고가 부실한 채권을 헐값에 넘기고, 그것을 인수받은 회사들이 빚을 받아내기 위해 집요하게 채무자들을 힘들게 한다는 기사를 신문에서 본 적이 있기 때문이었다. 조만간 본격적인 채권 추심이 시작될지 모른다는 생각에 마음이 무거워졌다. 그런데 의외였다. 통보서가 온 이후에도 오랫동안 아무런 조치가 없었다.

그러던 어느 날 우현 씨 집으로 P캐피탈 직원인 김동우라는 사람이 찾아왔다. 우현 씨는 올 것이 왔다고 생각했다. 하지만 웬일인지 김 씨는 독촉을 하기는커녕 우현 씨를 안심시키려 노력했다.

"제가 와서 놀라셨죠? 다들 저 같은 사람이 오면 빚 독촉할까 봐 두려워하시더라고요. 그냥 차나 한잔 얻어 마시고 가겠습니다."

김 씨는 서글서글했다. 본인 이야기도 스스럼없이 털어놓았다. 나이는 우현 씨보다 여섯 살 아래여서 동생 정현 씨와 동갑이었다. 그는 휴대전화 판매 일을 하다 선배 소개로 이 업계에 발을 들여놓았다고 했다.

"사장님처럼 사업하시다 부도난 분들을 대상으로 하는 채권 추심 업무가 제 주 업무입니다. 은행이나 상호신용금고는 자기들이 회수하기 힘든 채권들만 따로 모아서 저희 회사 쪽에 팔아버리죠. 저희 회사는 그 채권을 가능한 한 회수하는 거고요. 저 같은 직원들은 개별 회수 건별로 실적급을 받습니다. 기본급이 조금 있기는 하지만 주로 실적급이죠."

김 씨의 설명은 계속됐다.

"솔직히 사장님 채권은 회사 내부에서 D급으로 분류되어 있습니다. 회수될 가능성이 아주 낮다고 보는 거죠. 연대보증인인 동생분도 별 재산이 없고. 저희 직원들 중에서 팀장에게 잘 보인 친구들은 A급, B급 채권들을 배당받습니다. 그런 채권들은 회수 가능성이 높죠. 나중에 채권 회수하게 되면 인센티브를 받아갈 수도 있고요. 하지만 저는 팀장에게 찍혀서 그런지 매번 C급, D급 채권만 배당받는 신세랍니다."

다들 팍팍하게 사는구나 싶어 우현 씨는 미안한 마음이 들었다.

"저런, 내가 형편이 돼서 얼마라도 빚을 갚을 수 있으면 참 좋겠는데."

"아닙니다. 부담 갖진 마시고요. 저도 월급 받는 처지라 이렇게 한 번씩 채무자를 방문하는 흔적은 남겨야 한답니다."

김 씨는 채권 회수 업무를 하는 사람치고는 참 따뜻해 보였다. 우현 씨는 김 씨가 팀장에게 별로 인정받지 못하는 이유가 이 때문인가 하는 생각을 했다.

그 후 김동우 씨는 두 달에 한 번꼴로 우현 씨 집을 찾아왔다. 우현 씨도 처음 한두 번은 부담스러웠지만 자주 보다 보니 점차 상대를 동생처럼 생각하기 시작했다. 김 씨는 동생 정현 씨의 안부도 물었다. 공무원 시험에 두 번 떨어졌지만 커트라인과 큰 차이가 없어서 조금만 더 노력하면 합격할 수도 있겠다는 얘기를 했더니 꼭 합격하면 좋겠다는 덕담도 했다.

어느 날, 김 씨는 뭔가를 들고 우현 씨 집을 찾았다.

"저희 집에서 매실 농사를 좀 짓습니다. 이번에 매실 엑기스를 어머니께서 몇 통 보내주셨는데 사장님 드리려고 한 통 가져왔습니다. 유기농이라 시중에 파는 상품하고는 질적으로 다릅니다. 드시고 힘내시라고요."

우현 씨는 김 씨를 한참 물끄러미 쳐다봤다. 이렇게 심성이 착할 수 있을까.

"오늘은 몇 군데를 돌아다녀야 하는가?"

언제부턴가 우현 씨는 김 씨에게 말을 놓았다.

"여기서 나가면 앞으로 네 군데를 더 돌아봐야 합니다."

우현 씨는 잠시 망설이다 지갑을 열어 만 원짜리 몇 장을 챙겼다.

"동우 씨, 이거 얼마 안 되지만 차비로 쓰게."

"네? 아, 아닙니다."

"당장 빚을 다 갚지는 못하지만 이 정도는 내가 줄 수 있네. 받게."

김 씨는 난감한 표정을 짓다가 돈을 받았다.

"형편이 어려우실 텐데 이렇게 해주시니 고맙습니다."

"아닐세. 내가 오히려 더 미안하지."

우현 씨는 예전에 자신이 잘나갈 때 그를 만났더라면 회사 직원으로 채용했을지도 모르겠다는 생각을 했다.

1년 뒤 우현 씨의 동생 정현 씨는 드디어 공무원 시험에 합격했다. 우현 씨는 동생이 어려운 환경에서도 용기를 잃지 않고 목표를 이룬 데 대해 형으로서 미안했고 또 한편 고맙기도 했다.

*

이우현 씨와 이정현 씨가 P캐피탈로부터 대여금 반환 청구 소장을 받은 것은 정현 씨가 공무원 시험에 합격한 후 6개월이 지난 시점이었다. 이미 한 달 전에 정현 씨 급여에 가압류 조치가 취해졌고, 곧이어 정식 소장이 제기된 것이다. 돈을 빌린 것도 사실이고 못 갚은 것도 사실이니 달리 대항할 방법이 없겠다 싶었지만 그래도 혹시나 하는 마음에 우현 씨와 정현 씨는 소장을 들고 법률구조공단을 찾았다. 법률구조공단 상담 변호사는 사건을 찬찬히 검토해보더니 뜻밖의 말을 했다.

"이 사건 이길 수 있겠는데요? 소멸시효가 완성된 것 같아요."

"네?"

우현 씨와 정현 씨는 깜짝 놀랐다.

"상호신용금고의 대출 채권은 상사채권이라 5년 소멸시효에 걸리거든요. 증거 자료를 보니까 이우현 씨 회사가 부도나고 이자를 못 낸 시점이 2010년 2월부터네요. 그때부터 소멸시효 기간이 시작되니 2015년 1월 말이면 소멸시효가 완성되거든요. 그런데 이 소장은 2015년 7월에 접수됐잖아요. 즉, 소멸시효가 완성된 후 청구한 셈입니다."

"아, 그래요? 그럼 저희는 어떻게 하면 됩니까?"

"소멸시효는 판사가 직권으로 판단하는 게 아니라 피고가, 즉 이우현 씨, 이정현 씨가 해당 사유를 주장해야 합니다. 법원에 제출할 답변서에 '이 사건 소송은 소멸시효가 완성된 이후에 청구한 것이므로 기각되어야 한다'라고 쓰면 됩니다."

"변호사님, 저희는 잘 모르니 한 장만 써주시면 안 될까요?"

법률구조공단 상담 변호사는 무척 바빴지만 우현 씨가 간절히 요청하자 즉석에서 답변서를 한 장 써주었고 우현 씨는 이를 법원에 제출했다.

그로부터 한 달 뒤 법원에서 우현 씨에게 또 다른 서류가 날아왔다. 원고 P캐피탈의 준비서면이었다. 내용은 '소멸시효는 피고 이우현의 채무 승인 및 일부 변제로 중단되었다'는 것이었다. 우현 씨는 다시 법률구조공단 변호사를 찾아갔다. P캐피탈의 준비서면을 읽어본 변호사가 말했다.

"어? 사장님, 2014년 8월에 P캐피탈 담당 직원에게 채무를 인정하고 그중 5만 원을 갚은 적이 있네요? 왜 이건 말씀 안 하셨어요?"

채무를 인정하고 5만 원을 갚았다니, 우현 씨는 도대체 무슨 말인지 알 수가 없었다. 그 순간 김동우 씨에게 차비하라고 준 5만 원이 생각났다.

"아, 그건 그런 게 아니었습니다. 채권 추심하러 온 직원에게 수고한다고 차비나 하란 뜻에서 그냥 5만 원을 쥐어준 겁니다."

"채권 추심하러 온 직원에게 차비를 줬다고요? 그걸 판사가 믿어주겠습니까? 더구나 당시 담당 직원과 사장님의 대화 내용도 녹취되어 있는데요? 이 증거 서류를 보세요."

갑 제3호 증 녹취록이란 걸 보니 김동우 씨와 이우현 씨의 대화 내용이 속기록 형태로 기재되어 있었다.

이우현: 당장 빚을 다 갚지는 못하지만 이 정도는 내가 줄 수 있네. 받게.
김동우: 형편이 어려우실 텐데 이렇게 해주시니 고맙습니다.
이우현: 아닐세. 내가 오히려 더 미안하지.

"보세요. 돈을 다 갚지는 못하지만 그중 일부만이라도 갚는다고 말씀하셨네요. 이 말씀 때문에 소멸시효는 중단됐고 원고의 청구권은 여전히 살아 있습니다."

우현 씨로서는 어안이 벙벙할 뿐이었다. 얼마 후 대여금 반환 청구 재판이 열렸다. 우현 씨는 법정에서 간곡히 판사에게 말했다.

"판사님, 그 돈은 제가 직원에게 차비 하라고 준 거고요. 절대로 돈을 갚은 게 아닙니다."

하지만 판사의 반응은 냉담했다.

"이우현 씨, 상식적으로 생각해보세요. 빚 받으러 온 사람에게 차비를 줬다니 말이 됩니까? 그리고 녹취록에도 나와 있지 않습니까. '당장 빚을 다 갚지는 못하지만'이라고 한 부분은 채무를 승인한 것으로 볼 수 있습니다. 또한 돈을 건넸으니 이는 일부 변제로 볼 수 있고요."

우현 씨는 다급한 마음에 판사에게 말했다.

"판사님, 그럼 저는 책임을 진다 하더라도 제 동생은 어떻게 되는 겁니까?"

"주 채무자인 이우현 씨가 채무를 승인하고 빚을 일부 갚았기 때문에 소멸시효는 중단되었습니다. 그리고 주채무자에 대한 소멸시효 중단은 보증인에게도 효력이 있어요. 다시 말해서 이우현 씨, 이정현 씨 모두 빚을 갚아야 합니다. 그렇게 판결할 수밖에 없어요."

한 달 뒤 원고 승소 판결이 났다. 피고 이우현, 이정현 형제는 연대하여 원금 1억 원과 이자를 합해 1억 4천만 원을 갚아야 했다. 여기까지가 법률구조공단에 있는 후배 박 변호사가 들려준 이야기다.

"대단하군. 그럼 김동우라는 사람은 나름대로 작전을 편 건가?"

"진실은 모르죠. 하지만 녹취를 했고, 녹취 내용 중에 차비로 쓰라고 한 부분을 일부러 삭제한 걸로 보아 고의였다고 볼 여지가 큽니다."

"결국 빚을 진 사람의 미안한 심정을 교묘히 자극해서 채무 승인 또는 일부 변제를 유도하는 방법을 썼다고 봐야겠네."

2015년 12월, 정치권 일각에서는 가계부채 대책의 일환으로 소멸시효 완성 채권, 일명 죽은 채권의 거래 및 추심을 금지하는 법안을 추진한다고 했다. 법률을 통해 부당 채권 추심을 막겠다는 것이 법안 발의의 취지였다.

그런데 일부 추심업체들은 소멸시효가 거의 임박한 채권에 대해 채무자들에게 '일부만 갚으면 원금을 탕감해주겠다'고 속여 일부를 갚게 해서 소멸시효를 중단시키거나, 이미 소멸시효가 완성된 채권의 채무자에게 찾아가 '일부라도 갚으라'고 종용한 다음 이를 들어 소멸시효 이익을 포기한 것으로 취급해 죽은 채권을 부활시키는 일이 많았다고 한다. 대단한 집중력과 기획력을 발휘해 권리 위에 깨어 있는 채권자들이 세상에는 많은 것 같다.

★

법이 항상 약자를 보호하는 건 아니다. 이처럼 약자를 보호하기 위한 법이었음에도 법에 제대로 대응하지 못해 더 곤란을 겪는 일이 생길 수 있다. 독일의 법학자 루돌프 폰 예링이 《권리를 위한 투쟁》에서 "법의 목적은 평화이며 그것을 위한 수단은 투쟁이다."라고 말한 데에는 이처럼 약자 스스로 노력하여 권리를 쟁취해야 한다는 뜻이 숨어 있을 것이다.

'법은 상식'이라는 말이 있지만 그렇다고 해서 법적인 모든 내용이 상식적이라고 오해해서는 안 된다. 법은 다분히 테크닉이 필요한 내용이 많아서 상식의 허를 찌르기도 하고, 선의가 함정이 되고 진심이 족쇄가 되는 아이러니를 보여주기도 한다.

법률에서 선의(善意)란 단순히 '어떤 사실을 모르는 상태'를 뜻한다. 이는 우리가 일상적으로 이해하는 '착한 마음'과는 거리가 멀다. "선의는 법률 앞에서 통용되지 않는다."라는 법언은 이런 간극을 잘 보여준다. 착한 마음, 좋은 뜻은 법정에서 증명할 수 없다. 법 앞에서 순수한 마음을 지키기는 어렵지만 그 선의를 지키기 위해서라도, 우리는 더욱 현명해져야 한다.

100에서 1을 빼면 0인 경우

♣

김 대리는 회사가 마음에 들었다. 중소기업이지만 회사 기반이 탄탄했고, 무엇보다 법무 업무를 담당하는 사람은 본인 혼자였다. 직제상 위로 총무팀장이 있지만 팀장은 법무 업무를 잘 알지 못했다. 계약서 검토, 통보서 작성, 채권 회수 등 중요 법무 업무의 실질적인 최종 책임자는 김 대리 본인이었다. 다소 부담스러운 점도 있지만 최종 책임을 지고 일을 처리한다는 것이 자랑스럽기도 했다.

어느 날, 김 대리의 휴대전화에 처음 보는 번호가 떴다.

"김 대리? 반갑네. 아주 실력 있다고 얘기를 들었네. 나 박 회장이야."

'앗, 회장님!'

김 대리가 입사한 지 5년이 넘었지만 회사의 오너인 박 회장을 본 것은 먼발치에서 딱 한 번뿐이다. 회사의 대표이사는 박 회장의 큰사위였고, 회사 주식의 60퍼센트를 박 회장이 보유하고 있었다.

김 대리가 박 회장의 부름으로 대표이사실 옆 접견실로 들어가자 박 회장이 반갑게 맞았다.

"회사 일로 바쁠 텐데 내가 개인적인 부탁 좀 해도 되겠나?"

김 대리는 군기가 바짝 든 목소리로 "열심히 하겠습니다."라고 답했다.

"내가 김포에 땅이 좀 있는데 이번에 그걸 사려는 사람이 있어서 말이야. 나도 더 늙기 전에 적절한 가격에 팔아버리고 싶어. 공인중개사가 끼어 있긴 한데 계약서 작성이나 돈을 받는 문제를 믿을 만한 사람에게 맡기고 싶네. 그런 참에 마침 최 대표가 자네를 추천하더군. 아주 실력이 좋다고 말이야."

김 대리는 자신이 인정받고 있다는 생각에 뿌듯했다. 부동산 매도 건이라면 그리 어려운 일도 아니고, 이미 사겠다는 사람도 있으니 걱정할 일도 없겠다 싶었다. 이번에 박 회장 일을 잘 도와주면 회사 내 입지도 탄탄해질 수 있을 테고 여러모로 기대가 됐다.

*

김 대리는 박 회장의 위임장을 받아 대리인 자격으로 김포 땅을 사려는 윤영복 씨를 만났다. 박 회장과 매수인인 윤영복 씨가 합의한 땅 값은 10억 원이었다. 김 대리는 작성해둔 계약서 초안을 윤영복 씨에게 보여주었다.

총 매매대금 10억 원
계약금은 계약 당일 1억 원
중도금은 계약일로부터 1개월 후인 2015. 3. 2.에 6억 원
잔금은 그로부터 1개월 후인 2015. 4. 2.에 3억 원

다른 계약 조항은 일반 부동산 매매계약서의 조항과 비슷했다. 윤영복 씨는 계약서 내용에 별 이의를 달지 않았다. 당일 바로 계약을 체결하고 김 대리는 윤영복 씨에게서 계약금 1억 원을 자기앞수표로 받았다. 한 달 후 윤영복 씨는 박 회장 계좌로 6억 원을 입금했다. 모든 것이 순조로웠다. 이제 잔금만 받으면 거래는 완성된다.

잔금 지불 기일을 일주일 앞둔 2015년 3월 26일, 김 대리는 윤영복 씨의 전화를 받았다.

"김 대리님, 정말 죄송한데요. 잔금 기일을 조금만 미뤄주시겠습니까? 어디서 돈이 들어오기로 했는데 그쪽에서 날짜를 조금 더 달라고 하네요."

"그래요? 제가 함부로 결정할 수는 없고 회장님께 여쭤

봐야 합니다. 그럼 며칠까지 가능하시겠어요?"

"한 2주만 늦춰주시면 고맙겠습니다."

"알겠습니다. 그럼 잔금 기일은 2015년 4월 16일로 한다는 거죠? 제가 회장님께 확인해보고 말씀드리죠."

박 회장은 김 대리의 보고를 받고는 "뭐, 그 정도 늦어진다는데 이해해줘야겠지? 그럼 계약서를 다시 써야 하나?"라고 물었다.

"꼭 그럴 필요는 없고요. 간단한 추가 합의서를 쓰면 될 듯합니다. '당초 계약서상의 잔금 지불 일자 2015. 4. 2.을 2015. 4. 16.로 변경한다'는 내용만 넣어서 쓰면 충분할 것 같습니다."

박 회장은 별 이의 없이 그렇게 진행하라고 했다. 김 대리는 이 내용으로 추가 합의서를 작성한 뒤 윤영복 씨에게 보내 도장을 받았다.

며칠 뒤 김 대리는 박 회장의 전화를 받았다. 박 회장은 다급한 목소리로 말했다.

"김 대리, 상황이 좀 바뀌었네."

"무슨 일입니까? 무슨 안 좋은 일이라도 있는 건가요?"

"아닐세. 오히려 좋은 일이긴 한데 말이야. 그게 그러니까……."

박 회장의 땅을 사고 싶어 하는 다른 사람이 나타난 것이다. 그는 부동산 개발업자인데 그 땅을 15억 원에 사겠다고 제안한 것이다.

"내가 윤영복 씨로부터 받기로 한 10억 원은 너무 헐값이라더군. 이 개발업자는 내 땅에 요양병원을 지을 거라면서 두툼한 사업계획서를 보여주더라고. 심지어 요양병원 장례식장 지분 일부도 주겠다는 거야. 김포 쪽에 우리 땅만 한 입지가 없다는군. 그래서 말인데 윤영복 씨와의 계약을 엎을 수는 없나? 내가 받은 계약금 1억 원의 두 배인 2억 원을 위약금으로 주면 되지 않을까? 그렇게라도 하고 싶은데."

윤영복 씨에게서 계약금만 받은 상황이면 이미 받은 계약금의 두 배를 주고 계약을 해제할 수 있다. 하지만 이미 중도금까지 받은 상황이다. 계약을 박 회장 측에서 마음대로 해제할 수는 없었다.

김 대리는 퍼뜩 한 가지 생각이 떠올랐다.

"회장님, 윤영복 씨가 이번 잔금 기일까지 잔금을 마련하지 못하면 방법이 생깁니다. 그때 윤영복 씨 얘길 들어 보니 돈을 마련하는 일이 그리 쉬워 보이지 않았습니다. 만약 이번에도 윤영복 씨가 잔금을 준비하지 못하면 계약

위반이 되므로 지난번처럼 우리가 한 번 더 연기해주지 말고 바로 계약 해제 통보를 하면 됩니다. 그럼 윤영복 씨 측 잘못으로 계약이 해제되는 것이고, 이렇게 되면 이미 받은 계약금 1억 원까지 위약금으로 우리가 챙길 수 있습니다. 계약은 당연히 깨끗이 무효가 되는 거고요."

"아, 그런가? 흠……. 그쪽에서 잔금을 준비하지 못하기를 바라야겠군. 김 대리, 자네가 정말 고생이 많네. 이번에 이 일이 잘 해결되고 개발업자 쪽과 15억 원에 계약되면 자네에게 보상을 좀 하고 싶네. 1퍼센트인 1,500만 원을 사례금으로 줄 테니 사양하지 말게."

김 대리는 뜻밖의 보너스에 더해서 회사에서 인정받을 수 있는 기회까지 생겨 기분이 좋았다. 일단 윤영복 씨가 잔금을 준비하는지 기다리며 지켜보기로 했다.

*

윤영복 씨는 잔금 지급일 전날인 2015년 4월 15일에 김 대리에게 전화를 걸어왔다. 김 대리는 침을 꿀꺽 삼켰다.

"김 대리님. 아, 이거 뭐라 말씀드려야 할지 모르겠습니다. 제가 잔금을 준비해보려 했는데 쉽지가 않네요. 한 며칠만 더 말미를 주십시오. 곧 돈이 됩니다. 지난번에 돈을 받을 곳에서 펑크를 내는 바람에 어쩔 수 없이 은행에서 대출을 받으려고 신청했는데, 그게 절차상 며칠 걸린다네요. 잔금 기일이 4월 16일이잖아요. 4월 20일 정도면 돈을 준비할 수 있을 것 같은데요."

오호라! 김 대리는 속으로 쾌재를 불렀다. 하지만 상대방은 눈치 채지 못하게 최대한 신중한 목소리로 말했다.

"제가 결정할 수 있는 사안은 아니고요. 회장님과 협의를 한 후에 알려드리겠습니다."

김 대리는 박 회장에게 전화를 걸어 이 반가운 소식을 전했다.

"김 대리, 그럼 이제 어떻게 하면 되는 건가?"

"네, 내일이 잔금 기일이니 모레 오전에 '당신이 잔금 기일을 어겼으니 당신의 귀책 사유로 부동산 매매 계약을 해제한다. 당신이 건네준 돈 중 계약금 1억 원은 위약금으로 우리가 몰취하고, 중도금은 돌려주겠다'라는 계약해제통보서를 발송하면 됩니다."

"오, 깔끔하군. 바로 그렇게 진행해주게. 김 대리, 자네랑 일을 하니 일이 술술 잘 풀리는 것 같네."

다음 날 김 대리는 윤영복 씨에게 보낼 계약해제통보서

를 작성했다. 내용은 간단했다.

1. 귀하는 합의한 계약 잔금 일자에 잔금을 지급하지 못했다.
2. 따라서 귀하의 계약위반을 이유로 계약서 제9조에 따라 계약을 해제한다.
3. 이미 지급받은 계약금은 위약금으로 몰취하고 중도금은 반환할 예정이다.

김 대리는 잔금 기일이 지나기를 기다렸다가 바로 통보서를 발송했다. 윤영복 씨는 통보서를 받자마자 김 대리에게 전화를 해 세상에 이런 법이 어디 있느냐며 한 번만 더 기회를 달라고 사정했다. 하지만 김 대리는 "저는 그러고 싶은데 박 회장님을 도저히 설득할 수 없다."라며 완곡히 거절의 뜻을 전했다.

며칠 후 김 대리는 박 회장 땅을 사려는 부동산 개발 회사의 권 사장을 만났다. 젊은 나이에도 불구하고 이미 수십억 대 프로젝트를 성공시킨 야심만만한 사업가였다. 예의 요양병원 프로젝트를 전해 들었고 김 대리는 권 사장과 새로이 부동산 매매 계약서를 작성했다.

총 매매대금 15억 원

계약금은 계약 당일 1억 5천만 원

중도금은 계약일로부터 1개월 후인 2015. 5. 4.에 8억 5천만 원

잔금은 그로부터 1개월 후인 2015. 6. 3.에 5억 원

불과 한 달 만에 5억 원이나 더 비싸게 땅을 팔게 됐으니 박 회장은 흡족했다. 게다가 윤영복 씨에게서 위약금 1억 원까지 챙기게 됐으니 꿩 먹고 알 먹은 셈이었다. 이 이야기를 전해들은 회사의 대표이사는 따로 김 대리를 불러 칭찬을 늘어놓았다.

"회장님이 실력 있는 사람 소개했다고 좋아하시던데. 김 대리가 내 체면도 살린 셈이야. 마지막까지 잘 부탁하네."

김 대리는 자기도 모르게 어깨에 힘이 들어갔다.

*

권 사장이 중도금을 지급한 날로부터 며칠이 지난 어느 날 아침, 김 대리는 박 회장의 다급한 전화를 받았다.

"김 대리, 이게 무슨 일인가? 아침에 권 사장한테서 전화

를 받았는데 내 땅에 윤영복 씨가 처분금지가처분을 해놨다는데? 그게 등기부에 표시가 됐대. 이러면 땅을 권 사장에게 넘기지 못한다고 하네? 권 사장이 지금 난리야. 자기 사업에 큰 차질 생겼다고 말이야. 도대체 이게 어떻게 된 거지?"

처분금지가처분이라고? 김 대리는 머릿속이 아득해졌다. '처분금지가처분'은 그 땅에 권리가 있는 사람이 땅을 다른 사람에게 넘기지 못하게끔 해두는 사전 처분인데, 잔금을 준비 못해서 계약을 해제당한 윤영복 씨가 대체 무슨 권리로 처분금지가처분을 해두었단 말인가. 김 대리는 머리가 혼란스러웠다. 당장 법원으로 뛰어가서 처분금지가처분 기록을 복사했다. 윤영복 씨의 논리가 무엇인지 알아봐야 했다.

그렇게 해서 김 대리는 나에게 이 문제를 들고 왔다. 새파랗게 질린 얼굴로 찾아와 무슨 방법이 없겠느냐며 하소연했다. 윤영복 씨가 잔금을 준비하지 못한 것은 물론 그의 잘못이다. 따라서 박 회장으로서는 윤영복 씨에게 '당신이 계약 사항을 못 지켰으니 계약을 해제한다'라는 통보를 할 수는 있다. 하지만 부동산 매매 계약은 쌍무계약, 즉 매도인과 매수인 모두 의무를 부담하고 있는 계약이다.

'매수인이 잔금을 지급할 의무'와 '매도인이 등기이전에 관련된 서류를 넘겨줄 의무'는 동시에 이행되어야 한다.

따라서 매도인인 박 회장 측에서 계약을 해제하려면 '매수인이 잔금을 지급하지 않았다는 사실'을 부각시킬 뿐만 아니라 '매도인은 이미 등기이전에 필요한 서류를 다 구비했고 이를 넘겨줄 준비를 마쳤다(또는 공인중개사에게 다 맡겨놓은 상태다)'라는 표시를 해두어야 한다. 즉, 나는 내 할 일을 다 했는데, 당신은 당신 할 일을 다 못했으니 이 계약을 해제한다는 구조가 설정되어야 한다는 것이다.

"여길 봐. 자네가 윤영복 씨에게 보낸 계약해제통보서에는 '당신이 잔금을 준비하지 못했다'는 것만 표시되어 있잖아? 여기 밑에 '매도인(박 회장) 측은 이미 등기이전에 필요한 일체의 서류를 모두 준비해서 이를 넘겨줄 준비를 하고 있다'는 문장 한 줄만 썼어도 이 해제는 완전히 효과를 발휘하는 건데 말이야."

계약해제통보서에 필요한 한 줄이 빠지는 바람에 계약해제는 효력이 없게 되었고, 결과적으로 박 회장과 윤영복 씨의 계약은 여전히 유효한 셈이 되었다.

그 후 어떻게 됐을까. 윤영복 씨는 자신과 계약해야 한다면서 계속 권리를 주장했다. 부동산 등기부상의 처분금지가처분이 남아 있었기 때문에 2차 매수인인 권 사장은 난감했다. 금융기관에 이 땅을 보여주고, 자신에게 넘어올 것을 전제로 대출받을 계획을 세웠는데 이것이 물 건너 가 버렸다.

결국 권 사장은 박 회장 측의 계약 위반을 이유로 계약 해제 통보를 해왔고, 박 회장은 받은 계약금의 두 배인 3억 원을 위약금으로 권 사장 측에 물어줘야 했다. 그리고 윤영복 씨는 은행 대출을 받아 준비한 잔금 3억 원을 내고 10억 원에 땅을 넘겨받았다. 결과적으로 박 회장은 처음과 같이 10억 원에 땅을 판 것이다.

하지만 15억 원에 팔 수 있었기에 차액 5억 원을 손실이라고 생각했고, 권 사장에게 위약금으로 1.5억 원을 더 챙겨줬으니 이래저래 6억 5천만 원 정도 손해를 본 셈이다.

김 대리는 어떻게 됐을까? 단단히 화가 난 박 회장은 그런 실력 없는 사람이 법무 담당자로 있으면 회사를 말아먹을 수 있다며 대표이사를 압박했다. 김 대리는 결국 회사를 퇴사해야 했다.

★

100에서 1을 빼면? 물론 99다. 그런데 100에서 1을 빼면 0인 경우도 있다. 조그만 허점, 작은 실수 하나 때문에 전체를 망치는 일을 두고 이런 표현을 쓴다. '100-1=0'은 안전 방정식 혹은 서비스 방정식으로 불리기도 한다. 100명이 일을 했을 때 단 한 명이 사고를 일으키거나 클레임을 받으면 모든 게 0이 된다는 뜻이다.

원래는 서비스 업종에서 "1퍼센트의 고객 불만이 100퍼센트의 실패를 가져온다."는 식으로 활용되다가 이제는 경영, 마케팅, 행정까지 사회 전반에 걸쳐 '100-1=0'을 하나의 표어처럼 쓰고 있다. 김 대리의 사례야말로 이 공식이 의미하는 바를 여실히 보여준다. 통보서에서 단 한 줄을 빼먹은 것치고는 대가가 너무 컸다.

물론 이런 경우가 법적인 업무 처리에만 국한되지는 않을 것이다. 우리의 삶이라는 거대한 바둑판 위에는 보이지 않는 승부수들이 도사리고 있다. 바둑에서 한 수의 실수가 전체 승부를 결정짓듯, 우리 삶에서도 작은 판단 하나가 전체의 운명을 바꿀 수 있다. '100-1=0'이라는 마음가짐으로 우리의 일과 인간관계를 돌아보자. 한 번 정비하고 확인한 덕분에 예기치 못한 사고와 손실을 피할 수 있다.

증거 있는 사실이
진실인 법

♣

 손해배상 사건이 하나 들어왔다. 의뢰인은 (주)W테크. 프로그램 개발과 사이트 구축을 전문으로 하는 SI 회사다.

 사건 내용은 이렇다. W테크는 발주처인 D실업으로부터 7억 원 규모의 프로젝트를 수주했다. D실업에 물류 관리 및 업무 효율화 관리 프로그램을 구축해주는 내용이었다. W테크 입장에서는 상당히 큰 프로젝트였기에 초기부터 신경을 많이 썼다. W테크는 D실업으로부터 착수금으로 7천만 원, 1차 중도금으로 1억 5천만 원, 2차 중도금으로 2억 5천만 원을 받았다.

 그런데 문제가 생겼다. W테크는 당초 계약에서 정해진 '납기'를 맞추지 못했고, 세부적인 업무 약속도 지키지 못했다. D실업은 몇 차례 계약을 제대로 이행하라는 내용증명을 보낸 후 결국 W테크와 맺은 계약을 해제한다고 통보했다. 아울러 D실업이 착수금과 중도금으로 지급한 4억 7천만 원을 반환하고 추가로 손해배상금 1억 원을 지급하라는 소송을 서울중앙지방법원에 제기했다.

 이에 대해 W테크의 입장은 이랬다. 우리는 할 만큼 열심히 했다. D실업에게는 우리 작업이 원활하게 진행되도록 여건을 만들어줄 책임이 있는데, D실업은 그렇게 하지 못했다. 따라서 D실업의 해제 주장은 잘못이며 오히려 잔금 2억 3천만 원을 우리에게 지급해야 한다.

어떤 일을 수주하고 진행했는데 그 결과가 제대로 나오지 않았기 때문에 계약 자체를 해제한다는, 어찌 보면 아주 흔한 사건이다. 이런 경우 계약을 해제하려는 D실업은 W테크의 귀책사유를 주장하고 입증해야 한다. 즉, 입증책임이 원고인 D실업에 있는 것이다.

'입증책임'은 소송에서 승패를 좌우하는 아주 중요한 개념이다. 입증책임이 있는 쪽에서 구체적인 사실을 주장하고 입증해야 하며, 상대방은 이에 대한 소극적인 방어를 하면 된다. 입증책임이 있는 쪽에서 판사를 설득할 정도로 충분히 자신의 주장을 입증하지 못한다면 소송에서 질 수밖에 없다.

그런 점에서 볼 때 방어자인 W테크가 일단 유리한 위치에 있다. D실업이 먼저 소송을 제기했고 계약을 유지하기 어려울 정도로 W테크의 업무 수행에 심각한 문제가 있었음을 주장하는 상황이므로 입증책임은 D실업에 있는 것이다.

나는 W테크 프로젝트 매니저인 김 이사에게 물었다.

"상대방에 입증책임이 있으니 D실업으로서는 소송을 진행하기가 만만치 않을 겁니다. W테크가 진짜 상대방이 주장하는 것처럼 잘못을 했습니까?"

"진짜 억울합니다. 변호사님, 저희는 그쪽이 시키는 대로 정말 열심히 했습니다. 이 프로젝트가 성공적으로 진행되려면 D실업 측에서 작업 지시를 제대로 내려줘야 하고 관련 자료도 제때 제공해야 하거든요. 그런데 자기네는 할 일을 제대로 하지도 않았으면서 납기를 어겼다고 우리에게 죄다 뒤집어씌우는 겁니다. 우리 잘못이 전혀 없다고 할 수는 없지만 상대방 잘못도 큽니다."

김 이사는 정말 억울해하는 것 같았다.

"변호사님, 솔직히 이 프로젝트는 저희 회사에 크게 이익이 남지도 않습니다. 좋은 레퍼런스가 되겠다 싶어서 진행한 건데 이렇게 소송까지 제기되니 참 난감합니다. 프로젝트를 총괄 진행했던 저로서는 대표님께 면목도 없고요."

나는 충분히 해볼 만한 사건이라는 생각이 들었다.

"너무 걱정하지 마십시오. 일단 상대방이 제출한 소장만을 놓고 보면 W테크에 잘못이 있음을 입증하기엔 충분치 않은 것 같습니다. 입증책임은 D실업 쪽에 있으니 재판 진행 과정을 지켜보며 적절히 대응하면 될 듯습니다."

"변호사님, 저희는 정말 억울합니다. 꼭 승소할 수 있게 도와주십시오."

민사재판은 결코 '주장'만으로는 승소할 수 없다. '주장'을 뒷받침할 수 있는 '입증 자료', 즉 증거가 있어야 한다. D실업이 아무리 "W테크가 일을 잘못했어요!"라고 주장해도 이를 객관적으로 뒷받침할 증거가 없다면 결코 유리한 위치에 설 수 없다. 나는 W테크 관련자들의 진술을 토대로 D실업의 소장에 대한 답변서를 제출했다.

*

마침내 1차 변론 기일이 되었다. 담당 판사는 사건의 쟁점을 제대로 파악하고 있는 것 같았다.

"흠, 결국 이 사건은 원고가 '피고에게 귀책사유가 있다는 점'을 입증할 수 있느냐에 달렸군요. 소장에는 주장만 있고 증거가 부족해 보이던데. 원고 측 대리인, 피고의 귀책사유를 입증할 수 있는 자료가 있습니까?"

원고 측 변호사가 나를 슬쩍 쳐다보더니 엷은 미소를 띠고는 물었다.

"네, 갑 제4호증으로 녹취록을 제시합니다."

원고 변호사는 마치 비장의 무기라도 제시하듯 증거를 제출했다. 판사가 물었다.

"녹취록이요? 누구와 누구의 대화를 녹취한 거죠?"

"원고 회사 프로젝트 매니저인 박○○ 부장과 피고 회사 프로젝트 매니저인 김○○ 이사의 대화입니다. 이 대화 내용을 보시면 피고 회사의 과실로 프로젝트 관리가 제대로 되지 않았음을 충분히 알 수 있습니다."

"오, 그래요?"

판사가 녹취록을 들춰보았다. 대체 저 안에 어떤 내용이 들어 있는지 궁금하기 짝이 없었다. 녹취록을 읽어본 판사가 말했다.

"원고 대리인, 잘 아시겠지만 녹취록에 있는 내용을 100퍼센트 다 믿기엔 무리가 있습니다. 추가 증거는 없나요?"

원고 측 변호사는 자신 있게 답했다.

"재판장님 말씀이 옳습니다. 그래서 저희들은 녹취록 내용을 기초로 이 사건의 실체관계를 밝히기 위해서 피고 회사 김○○ 이사를 증인으로 신청합니다. 저희 직원을 증인으로 신청할 수도 있겠지만 아무래도 상대방 회사 직원을 증인으로 불러 물어보는 쪽이 더 객관적이지 않겠습니까?"

판사는 고개를 끄덕였다.

"흠, 아무래도 그렇겠지요. 그럼 피고 대리인? 어차피 증인이 피고 회사 직원이니까 다음 재판 기일에 출석시키는 데는 별문제 없겠지요? 한번 불러서 물어보죠. 다음 기일은 11월 12일 오후 4시, 이 법정에서 그대로 속행합니다."

나는 머리가 띵했다. 의뢰인 회사 프로젝트 매니저의 대화 내용이 담긴 녹취록이 증거로 나오다니. 분명 김 이사는 자신의 대화가 녹음되고 있다는 사실을 몰랐을 터다. 나는 녹취록을 들춰보기가 겁이 났다.

사무실에 돌아온 나는 김 이사에게 전화를 걸었다. 지방 출장 때문에 오늘 재판에 참석하지 못한 김 이사에게 재판 과정을 설명하고 녹취록의 내용을 대강 설명해주었다. 김 이사는 분을 참지 못했다.

"박 부장 그 자식이······."

나는 어떤 경로를 통해 대화가 녹음됐는지 물어보았다.

"아마 그때였을 겁니다."

몇 달 전 김 이사는 박 부장에게서 전화를 받았다.

"아이고, 김 이사님. 제가 어려운 일만 맡겨드리고 연락도 제대로 못 드렸습니다. 정말 죄송합니다."

"박 부장님이시군요. 저희야 당연히 해야 할 일을 하는 건데요, 뭘. 오히려 제가 제대로 인사를 못 드려 죄송합니다."

"김 이사님, 제가 이번 주에 W테크 근처에 갈 일이 있는데 시간 되시면 저녁 식사를 대접하고 싶네요. 어디 조용한 일식집 방으로 예약 좀 해주시겠습니까?"

발주처 프로젝트 매니저의 식사 요청이라 김 이사는 조금 긴장하며 식사 자리에 나갔다. 식사를 시작하기 전에 박 부장은 김 이사에게 고향, 나이, 가족관계 등을 물어보았다. 알고 보니 두 사람은 나이가 같았고, 큰아들도 서로 동갑이었다.

"오늘은 골치 아픈 일 이야기보다는 세상 살아가는 이야기를 좀 나눠보시죠. 회사 안에서만 생활하다 보니 너무 우물 안 개구리가 되는 것 같아요. 이사님에게 넓은 세상 이야기도 좀 듣고 싶고요."

김 이사는 박 부장의 넉넉한 인품에 끌렸다. 오십 고개를 앞두고 있는 두 사람은 그동안 살아온 이야기를 격의 없이 나누었다. 그날따라 술도 술술 넘어갔다. 어느 정도

취기가 오르자 슬그머니 박 부장이 프로젝트 이야기를 꺼냈다.

이하는 녹취록 기재 내용에서 인용한 것이다.

박: 요즘 우리 직원들 얘기를 듣다 보니 김 이사님이 아주 골치 아프시겠더군요.

김: 네? 무슨 말씀이신지?

박: 프로젝트에 참여한 인원들이 자꾸 교체된다면서요? 요즘 젊은 친구들 말도 잘 안 듣고 회사에 대한 충성심도 없죠? 우리 일할 때랑은 정말 달라요.

김: 아, 참…… 뭐라고 드릴 말씀이 없습니다. 요즘 개발자들 구하기가 참 어렵네요. 실력 있는 개발자들은 자꾸 프리랜서 스타일로 일을 하려고 하고, 쓸 만한 친구들은 더 좋은 조건을 제시하는 곳으로 떠나고 말이죠.

박: 100퍼센트 이해합니다. 도대체 누가 상사인지 누가 부하인지 모를 때가 많아요. 그럼 어떻게 후속 개발자를 채용하십니까?

김: 구직사이트에 채용 공고도 내고 여기저기 알아보곤 있는데 쉽지가 않습니다. 그것 때문에 프로젝트가 자꾸 지연되는데 정말 죄송합니다.

박: 그런 사정이 있었군요. 이사님 마음고생이 심하겠습니다.

녹취록에서 특히 문제가 될 만한 내용으로는 ① W테크에서 개발 인력 관리를 제대로 하지 못해 당초 약속했던 수준의 개발자가 자꾸 이탈한다는 점, ② 인력이 자꾸 교체되다 보니 지속적인 업무 감독이 되지 않아 납기가 지연되었던 점, ③ D실업 실무자들이 여러 차례 지적했지만 W테크에서 성실히 응하지 못했던 점 등이었다.

"변호사님! 이건 도청이잖아요? 불법 아닙니까? 이런 걸 증거로 제출해도 되는 건가요?"

나는 흥분한 김 이사를 진정시키고는 설명해주었다.

"그게…… 우리 법이 좀 애매하게 되어 있습니다. 갑과 을이 대화하는 것을 제3자인 병이 몰래 녹음하면 통신비밀보호법상 위법행위가 됩니다. 그런데 대화 당사자인 갑이나 을이 상대방 몰래 녹음하는 행위는 처벌하는 법조항이 없습니다. 잘한다고 장려할 만한 일은 아니지만, 그렇다고 형사적으로 처벌될 행위는 아니라는 거죠. 그래서 재판을 할 때 상대방과 대화를 몰래 녹음한 다음 녹취록 형태로 제출하는 경우가 상당히 많습니다."

"그 자식이 이걸 악용한 거로군요. 그럼 우린 이제 어떻게 해야 하죠?"

"그쪽에서 다음 기일에 이사님을 증인으로 신청했는데요."

"좋습니다. 제가 증인으로 나가서 아니라고 말하겠습니다."

그러나 나는 내심 걱정되는 대목이 있어 이렇게 말했다. "아, 네, 그런데 그것도 잘 생각해보셔야 합니다."

한편 녹취록 내용을 본 W테크 대표이사는 노발대발했다. 김 이사에게 다음 재판기일에 증인으로 출석해 반드시 녹취록의 내용을 뒤집으라고 지시했다.

★

일주일쯤 지나 김 이사가 나를 찾아왔다. 얼굴에는 수심이 가득했다. 어제 D실업 박 부장이 전화를 걸어왔는데, 김 이사가 전한 두 사람의 통화 내용은 이랬다.

박: 아이고, 안녕하세요? 김 이사님, 접니다.
김: 어? 당신! 당신 또 녹음하고 있나?
박: 아닙니다. 녹음이라니요. 그런 거 안 합니다.

김: 당신이 도청한 거 다 알고 있어. 그런 식으로 사람 뒤통수를 치나? 두고 보라고. 내가 재판에 증인으로 나가서 모두 사실대로 밝힐 거야.

박: 아, 그래서 제가 전화드렸습니다. 김 이사님께서 그날 증인으로 나오시면 선서를 하게 되는데요. 선서하고 거짓말하시면 위증죄가 된다고 하더군요. 위증죄라는 게 징역 1~2년을 살 수도 있는 무거운 죄라고 저희 변호사가 그러던데요?

김: 뭐요? 징역?

박: 회사가 평생 이사님 책임져줄 것도 아닌데 너무 위험한 일을 벌이실 이유는 없지 않나요? 더구나 그날 저랑 편안한 상태에서 나눈 대화 내용이 녹취록으로 나와 있는데, 그것과 상반되는 말을 하시면 누가 보더라도 위증으로 볼 텐데요.

김: 당신! 지금 나한테 병 주고 약 주는 거요?

박: 아니, 그게 아니라 알아야 할 건 아시는 게 좋을 듯해서요.

김 이사는 난처한 표정으로 내게 물었다.

"변호사님, 박 부장 말이 사실인가요? 위증죄로 걸릴 위험이 큰가요?"

바로 그 점이 내가 우려하는 바였다. 박 부장은 상당히 교활한 사람이었다. 웬만한 강심장이 아니고서는 녹취록이 이미 나와 있는 상황에서 법정에서 선서하고 이를 뒤집는 증언을 하기란 거의 불가능하다. 당연히 상대방 변호사는 녹취록 내용을 들이밀면서 "당신 이러면 위증죄로 처벌될 수 있어요!"라고 강하게 몰아붙일 것이다.

 김 이사는 며칠을 고민하다 증인으로 출석하지 못하겠다고 회사에 밝혔다. W테크 대표이사는 김 이사의 설명을 듣고는 한편으로는 이해하면서도 이사라는 사람이 이런 식으로 대응한다고 대놓고 면박을 줬다고 한다. 김 이사 개인의 신상에 관련된 문제이기에 어쩔 수 없는 면이 있었다. 김 이사가 재판에 증인으로 출석하지 않은 일은 W테크에 결정적으로 불리하게 작용했다. 결국 녹취록 내용이 진실이라고 법원이 판단할 수밖에 없는 정황이었다.

 나는 다른 자료를 법원에 제출하며 열심히 다퉜지만 결국 1심에서 패소했다. 1심 결과에 불복하고 항소했지만 2심에서도 패소했다. 녹취록이 패소의 결정적인 근거가 되었다. W테크는 돌려줘야 할 착수금과 중도금 전액 및 이에 대한 지연이자, 그리고 손해배상금으로 약 6억 원을 D실업에 물어줘야 했다. 결국 김 이사는 재판 도중 사직서를 제출하고 회사를 떠났다.

대화 내용을 상대방이 몰래 녹음한 다음 이를 증거로 쓰는 것이 과연 정당한가에 대해 의문을 제기하는 사람들이 많다. 그럼에도 이런 행위를 처벌하는 법규가 없으니 이 부분은 여전히 법의 사각지대에 놓여 있다. 오늘도 여기저기에서 소송을 대비해 많은 이들이 우리의 대화를 녹음하고 있을 것이다.

*

소송에 휘말리지 않는 것이 가장 바람직하다. 하지만 살다 보면 본의 아니게 소송을 당하거나 소송을 제기해야 할 때가 있다. 일반인들은 판사가 모든 사정을 헤아려 가장 공평한 판결을 내려주리라 믿는다. 하지만 이는 오산이다. 판사는 진리의 수호자가 아니다. 판사는 원고와 피고, 쌍방 당사자가 제출하는 증거를 참고해서 누구 말이 옳은지를 법률에 근거하여 판단하는 해석자일 뿐이다.

소송은 철저히 '증거'에 의해 좌우된다. 기록되지 않은 사실은 역사로 인정받지 못하듯, 법정에서 증거 없는 사실은 진실이 될 수 없다. 증거가 진실의 원천이지, 진실이 증거의 원천이 아니다.

한 달에 제기되는 민사소송 건수가 20만 건에 육박하는 요즘, 이러한 소송관련 지식은 이제 '전문지식'이 아닌 '상식'의 범주에 속한다. 법정에서 울리는 망치 소리 뒤에는 인간의 희비가 교차한다. 증거의 칼날 앞에서 무지를 핑계로 삼을 수는 없다. 상식을 몰랐다는 항변이 받아들여지지 않을 정도로 세상은 만만치 않음을 알아두어야 한다.

까다로운 침해자로
살아남기

♣

"조 변호사, 내가 쇼핑몰 사이트를 운영하면서 사진을 하나 올렸는데 그게 저작권을 침해했다고 경고장이 날아왔어. 사용료로 500만 원을 내라고 하는데 어쩌지? 배상하지 않으면 형사고소하겠다고 하는데."

화장품 쇼핑몰을 운영하는 박 사장이 다급한 목소리로 전화를 해왔다. 요즘에는 이런 유형의 상담 전화가 많이 걸려온다. 심지어 이와 같은 저작권 침해유형을 적발해서 경고장을 보내는 것으로 수익을 챙기는 변호사 사무실이 생길 정도다.

상대측 변호사가 손해배상을 청구하면서 동시에 이에 응하지 않을 경우 형사고소까지 하겠다는 엄포를 놓고 있으니 이런 경고장을 받게 되면 누구나 머리가 하얘지게 마련이다. 전화 목소리만 들어봐도 다소 소심한 편인 박 사장이 극도의 불안감에 휩싸여 있음이 느껴졌다.

통상 이런 문제에 대해서 자주 언급되는 문답이 있는데 내용을 살펴보면 다음과 같다.

질문1: 저는 상업적인 용도가 아닌 비상업적인 개인 블로그에 이미지를 올렸는데도 저작권 침해가 되나요?

답변1: 저작권 침해는 타인의 저작물을 동의 없이 사용할 때 바로 성립되는 것이므로 상업적인 목적으로 사용했는지의 여부는 고려되지 않습니다.

질문2: 저는 인터넷에 떠돌아다니는 이미지를 사용했을 뿐입니다. 이미지에 저작권자가 따로 있는 것인 줄은 몰랐습니다.

답변2: 저작권자가 있다는 사실을 몰랐다 하더라도 일단 저작권 침해는 인정됩니다. 몰랐다는 것이 변명이 될 수는 없습니다.

질문3: 저작권 침해로 민사적인 손해배상뿐만 아니라 형사처벌까지 받을 수 있나요?

답변3: 네, 저작권법에는 저작권 침해의 경우 민사상 손해배상뿐만 아니라 형사상 처벌까지 된다고 규정하고 있습니다.

박 사장의 경우 분명 자사 사이트에 타인의 이미지를 사용했으므로 일단 저작권 침해가 성립한다. 하지만 저작권 침해가 성립한다고 해서 상대방 변호사가 주장하는 대로 거액의 배상금을 바로 물어줘야 하는 것은 아니다. 이제부터라도 저작권법의 논리와 지식을 동원해서 대응하면 된다.

*

나는 박 사장을 불러놓고 차근차근 향후 대응방향을 설명해주었다.

첫째, 일단 다른 사람의 저작물을 무심코 사용한 것에 대해서는 유감이라는 점을 밝힐 필요가 있다. 인정할 것은 깔끔하게 인정하는 것이 좋다. 따라서 더 이상 해당 이미지를 사용하지 않겠다고 하고 홈페이지에서 이미지를 삭제한다.

둘째, 결코 고의가 아니었음을 밝혀야 한다. 저작권 표시(ⓒ)가 되어 있지 않았다거나, 해당 이미지를 직접 구한 것이 아니라 외부 업체에 사이트의 구축과 관리를 맡겼기 때문에 이미지의 출처를 알 수 없었다는 점을 설명한다.

셋째, 저작권 침해에 대한 형사적인 처벌은 침해자에게

고의성이 있어야만 성립한다. 하지만 앞서 밝힌 바와 같이 고의가 있었던 것은 아니기 때문에 형사적인 처벌 대상은 아니라는 점을 밝힌다.

넷째, 가장 큰 문제는 민사적인 손해배상인데 저작권법에 따르면, 손해배상액은 저작권 침해행위로 인해 침해자가 얻은 이익액수나 저작권자가 입은 손해액수를 기준으로 산정한다. 따라서 저작권자에게 '귀하가 청구하는 손해배상의 근거가 무엇인지 그리고 그 금액의 계산 방식을 명확히 밝혀주길 바란다'라고 문의해야 한다. 저작권자들은 이 단계에서 계산 방식을 정하는 데 어려움을 느끼는 것이 일반적이다.

특정한 이미지를 사용함으로써 손해를 입었거나 혹은 이익을 봤다면 그 손해액이나 이익액은 이미지의 판매가격 수준이어야 한다. 그런데 저작권자들은 이미지의 정상적인 판매가격의 10배 또는 20배의 금액을 손해배상액으로 내라고 하면서 이에 응하지 않는다면 형사고소를 하겠다고 으름장을 놓곤 한다. 이렇게 부당하게 많은 금액을 요구하면서 이를 내놓지 않으면 형사고소를 하겠다고 하는 것은 그 자체로 형법상 '공갈죄'에 해당할 소지가 있다.

따라서 '합당한 계산방식으로 손해액을 산정해서 알려

주면 배상하겠다. 하지만 억지로 부풀리거나 합리적이지 않은 방식으로 계산한 손해배상액을 요구하면서 형사고소를 언급하면 나는 당신들을 공갈죄로 고소할 수도 있으니 서로 이런 일이 발생하지 않도록 제대로 청구해달라'라고 정식으로 요청할 필요가 있다.

그런데 경고장을 받은 사람들 대부분은 이렇게 체계적으로 대응할 엄두를 내지 못하고 벌벌 떨면서 '제발 용서해달라'거나 '배상액을 조금만 낮춰달라'는 식으로 사정을 하게 된다. 그러면 경고장을 보낸 측에서는 인심 쓰듯 조금씩 배상액을 깎아주는 방법으로 사건을 종결하곤 한다.

경고장을 보내는 측에서는 이렇게 무작정 사정부터 하는 사람들을 최우선 타깃으로 삼는다. 하지만 이처럼 인정할 것은 인정하면서도 자세하게 손해배상액을 따지는 한편, 만일 무리한 청구를 할 경우에는 공갈죄로 맞고소하겠다고 대응하면 일단 제외 대상이 된다. 구체적인 손해배상 액수를 계산하는 것도 번거로울 뿐만 아니라 제발 조금만 깎아달라고 사정하는 침해자가 더 많기 때문에 굳이 까다롭게 구는 사람에 대한 청구는 보류하거나 포기하는 경우가 많다.

이런 내용을 설명하고 상대방 경고장에 대한 답변서를 써주었더니 박 사장은 "오히려 이렇게 보내면 괘씸하게 생각하고 손해배상액을 더 올리지 않을까?"라면서 걱정했다.

나는 씩 웃으며 "절대 그런 일은 없을 거야. 잘 해결되면 술이나 한잔 사!"라고 답했다.

박 사장은 내가 써준 답변서를 보냈고 역시나 그 뒤로 추가적인 연락은 없었다. 아마도 박 사장은 '까다로운 침해자' 명단에 포함되었으리라.

*

법은 사람들 사이의 관계를 규율하는 규칙인데 그 규칙을 아는 사람과 모르는 사람 사이에는 커다란 불균형이 존재한다. 이러한 불균형을 이용하여 부당한 이득을 취하는 행위는 분명 문제가 있음에도 이런 일들은 주위에서 심심치 않게 일어난다. 안타까운 일이다.

로마의 법언에 "법을 모른다고 해서 면책되지 않는다(Ignorantia legis neminem excusat)."는 말이 있다. 살면서 누구나 이런 일을 당할 수 있다. 우리는 법을 모른다는 이유로 책임을 피할 수 없다. 그렇다고 부당한 일을 당하고만 있어서도 안 된다. 이때 명심해야 할 것은 혼자 고민하지 말고 주위에 적극적으로 자문을 구해야 한다는 것이다. 모든 문제에는 해결책이 있고, 그 해결책은 지식에서 시작된다. 정당한 권리는 지키고, 부당한 요구는 이겨내야 한다. 모르고 당할 수야 없지 않은가.

관심으로 묻고
진심으로 듣기

♣

오랜 법조인의 길을 걸으며 깨달은 진실이 있다. 사람의 마음을 얻는 것은 말하는 것이 아니라 듣는 것에서 시작된다는 것이다. 변호사 5년차이던 시절, 당시 몸담고 있던 로펌의 배려로 나는 모 대학원 최고경영자 과정에 참석할 수 있었다. 다양한 경영자들을 만나면서 우리 로펌을 알리고 새로운 의뢰인을 찾는 데 도움이 될 거라 판단했기 때문이다. 최고경영자 과정은 2주에 한 번씩 강의를 듣고 별도로 회합을 여는 방식으로 진행됐다.

강의가 시작되기 전에 먼저 저녁 식사 자리가 펼쳐졌다. 우리 테이블에는 다섯 명이 자리를 잡았는데 나 말고는 모두 회사 CEO였다. 그중 중소 규모의 IT 기업 박 사장이 고민을 털어놓았다.

"요즘 내년 연봉 협상을 한창 하고 있습니다. 그런데 가장 똑똑한 직원 하나가 대폭적인 연봉 인상을 요구하고 있어 골치가 아프네요."

직원인 최 과장은 프로그래머로서 실력도 출중하고 내부 평판도 좋아 늘 흡족하게 생각하던 인재였다고 했다.

올해 연봉이 3천 500만 원이었는데 내년에 10퍼센트 정도 인상해줄 요량이었다. 박 사장 회사는 팀제가 아니었다. 프로그래머 개인이 프로젝트를 맡아 독자적으로 수행하고 있었기에 굳이 연공서열을 따지지 않고 성과와 사장 재량에 따라 연봉을 책정했고 이렇게 해도 분란의 소지가 크지 않은 독특한 구조였다.

그런데 1차 연봉 협상 석상에서 최 과장은 전년 연봉 대비 30퍼센트 인상을 요구했다. 최근 몇 년간 연봉 협상 때마다 별다른 요구를 하지 않았던 그였기에 박 사장으로서는 의외였다. 최 과장이 일을 잘하는 건 분명한 사실이었지만, 한 번에 30퍼센트라는 큰 폭의 인상은 조직 관리에 있어 형평성 문제가 야기되고 향후 연봉 협상에서도 부담이 될 것 같았다. 더 자세히 이야기해봐야 서로 감정만 상할 것 같아 일단 며칠 뒤에 다시 얘기하기로 했다.

"그 친구 요구를 들어주기는 어렵습니다. 하지만 최 과장은 우리 회사에 꼭 필요한 인재거든요. 협상을 잘해야 할 텐데 말입니다. 이럴 땐 어떻게 하는 게 좋겠습니까?"

윤 사장이 말했다.

"박 사장은 10퍼센트 인상을 생각하고, 최 과장은 30퍼센트 인상을 요구하니 결국 중간점인 20퍼센트 정도에서 만나야 하지 않을까요?"

박 사장은 난색을 표했다.

"사실 20퍼센트 인상도 무리입니다. 아휴, 돈 가지고 이 친구랑 밀고 당기는 일이 벌어질 줄 몰랐네요."

"연봉 협상이 다 그렇지, 뭐. 결국 다 돈이야, 돈. CEO한테는 이 문제가 가장 어렵잖습니까."

우리 테이블에서 가장 연장자인 황 사장이 박 사장에게 물었다.

"박 사장, 최 과장은 왜 연봉을 올려달라고 하던가요?"

"네? 이유야 뻔하지 않을까요? 회사에 기여한 바가 있으니 그만큼 대우를 해달라 그거겠죠."

"구체적으로 왜 연봉을 더 올려달라는지 안 물어봤죠?"

"직원이 돈 더 달라는 이유는 뻔한 거 아닌가요? 이유를 물어볼 필요를 못 느꼈습니다. 괜히 더 어색해질 것도 같고……."

"박 사장, 최 과장은 원래 연봉에 대해 까다롭지 않았다고 했지요? 그런데 이번에 30퍼센트나 인상을 해달라는 걸 보니 뭔가 사정이 있는 거 아닐까요? 경쟁사로부터 스카우트 제의를 받았다거나, 집에 갑자기 돈이 필요하다거나, 그도 아니면 친구가 비슷한 일을 하는데 이번에 연봉 수준을 비교해보고는 상대적 박탈감이 생겼다거나……. 뭔가 이유가 있지 않겠어요?"

황 사장이 그렇게 설명하자 박 사장은 고개를 끄덕였다.

"10퍼센트니 30퍼센트니 숫자만 가지고 밀고 당기면 협상이 팍팍해집니다. 그러지 말고, 왜 연봉 인상을 요구하는지 최대한 편한 분위기에서 한번 물어보세요. 거기에서부터 시작해야 합니다. 뜻밖의 얘기를 들을 수도 있어요. 그 친구를 꼭 붙잡고 싶으면 그렇게 해봐요."

박 사장은 고개를 끄덕이더니 그렇게 해보겠다고 했다.

*

며칠 뒤 박 사장이 내게 전화를 해왔다. 법적으로 한 가지 물어볼 게 있단다. 박 사장은 최 과장과 나눈 대화 내용을 먼저 알려주었다. 두 번째 협상 자리에서 박 사장은 분위기를 최대한 부드럽게 끌고 갔다. 그동안 최 과장이 얼마나 회사를 위해 헌신적으로 노력했는지 잘 알며 감사하게 생각한다고 밝혔다. 그리고 조심스레 물었다.

"혹시 집에 무슨 일이라도 있나?"

최 과장은 잠시 머뭇거리더니 사연을 말했다. 초등학교

4학년 딸아이 때문에 고민이 많다고 했다. 학교에서 친구들에게 왕따를 당하고 있다는 사실을 최근에야 알았다는 것이다. 최 과장 부부는 딸이 그동안 굉장히 힘들었음에도 전혀 알아채지 못했다는 자책 때문에 마음이 몹시 괴로웠다. 담임선생님과 의논해보았지만 뾰족한 수가 없었다. 왕따를 주도한 학생들이 여러 명이라 선생님이 주의를 줘도 문제가 재발할 가능성이 컸다. 고심 끝에 전학이 최선이라는 결론을 내렸다.

최 과장 부부도 아이를 계속 이 학교에 보내는 것은 적절치 않다고 생각했다. 다만 전학을 가려면 이사를 해야 하는데, 옮겨야 할 집 전세금이 지금보다 2천만 원가량 더 높다는 것이 문제였다. 대출로 해결해야 하는데 아무래도 이래저래 돈이 많이 들어갈 상황이라 지금까지 받던 연봉만으로는 감당하기 어려웠다. 만약 연봉 인상이 충분치 않으면 전직까지 생각하고 있다고 털어놓았다.

박 사장은 생각해보았다. 어차피 최 과장은 대출로 전세자금을 마련한다고 하는데, 회사 주거래 은행을 통하면 훨씬 더 좋은 조건으로 대출을 받을 수 있을 듯싶었다. 경리팀을 통해 알아보니 회사가 연대보증을 서면 최저 금리로 대출할 수 있다는 답변을 들었다. 다만 회사가 아무 이유

없이 최 과장의 대출 채무에 대해 연대보증을 서준다면 법적으로 문제가 될 수 있으니, 어떻게 처리하면 좋겠느냐며 내게 문의를 해온 것이다.

나는 회사와 최 과장 상호간에 계약서를 쓸 것을 제안했다. ① 회사가 최 과장의 은행 대출금에 대해 연대보증을 해주되 ② 단, 최 과장은 이에 대한 담보로 나중에 대출금을 갚지 못할 경우, 또는 이자를 납입하지 못할 경우 자신의 임금이나 퇴직금에서 대출 연체금을 상계 처리한다는 내용을 포함시키면 될 것이라 조언했다.

"최 과장에게 당장 필요한 돈이 전세금 차액 등을 포함해서 2천 500만 원 정도예요. 사실 연봉을 30퍼센트 인상한다고 해서 당장 문제가 해결되진 않잖아요. 연봉 더 주는 회사를 당장 찾기도 쉽지 않고요. 더구나 우리 회사에서 어느 정도 기반을 잡아놓았는데 그걸 포기하자니 본인도 안타까워하더라고요. 그래서 대출을 알선해주는 쪽으로 얘기했더니 몹시 반색을 하더군요."

나도 딸을 키우는 입장에서 최 과장이 얼마나 마음고생을 할까 공감이 되었다. 마침 내 의뢰인 중에 학생 심리 상담을 전문으로 하는 의사가 있어 연락을 해봤더니 바로 이런 상황에 맞는 맞춤 클리닉 프로그램이 있다고 했다. 부모와 아이가 같이 와서 상담을 받는 것인데 1회에 15만 원씩 총 3회 45만 원이지만, 내가 소개했으니 30만 원만 받겠다고 했다. 나는 이 클리닉을 박 사장에게 소개했고, 박 사장은 자기가 비용을 낸 다음 최 과장에게 클리닉에 가볼 것을 권유했다.

최 과장네 가족은 딸아이를 데리고 클리닉을 방문했다. 최 과장 부부는 클리닉을 다니면서 딸아이의 고민이 무엇인지, 어떤 꿈을 갖고 있는지 더 정확히 이해할 수 있었다. 왕따를 경험한 것은 마음 아픈 일이지만 이를 계기로 가족이 서로를 더 잘 알 수 있게 된 것이다.

2주 후 최고경영자 과정 모임에서 박 사장이 후일담을 들려주었다.

"최 과장 부인이 제게 편지를 보내왔더라고요. 정말 감사하다고요. 눈물이 나더군요."

"그래서 결과적으로 연봉 인상은 어느 정도 해줬소?"

윤 사장이 사람들이 가장 궁금해하는 질문을 던졌다. 박 사장은 씩 웃었다.

"서로 만족할 만한 선에서 웃으며 해결했습니다. 아주 흡족하게요. 좋은 조언을 해주신 황 사장님, 정말 감사합니다."

*

　법정에서 수없이 마주한 갈등들이 떠올랐다. 논리와 이성으로 풀지 못했던 많은 문제들이, 사실은 귀 기울여 듣지 못한 마음이었음을 깨달았다. 디지털 시대를 살아가며 우리는 점점 더 많은 정보를 접하지만, 정작 사람의 마음을 읽는 법은 잊어가고 있다. 변호사들 역시 의뢰인과 상담을 하면서 사실관계에만 집중하는 경향이 있다. 하지만 눈앞의 대상은 사건이 아닌 한 명 한 명의 사람이다. 저마다의 생각과 가치관이 다른 사람이니 판에 박은 해결책을 내놓을 수는 없다. 그들의 성향과 상황에 맞는 해결책을 제시해줘야 하는데 그러기 위해서는 항상 물어야 한다. 지금 마음은 어떠하며 어떻게 했으면 좋겠는지를 말이다. 인간의 말은 빙산과 같아서, 드러난 언어 아래에 보이지 않는 삶의 무게가 있다. 의뢰인의 말은 단순한 사실이 아닌, 그들 인생의 '문제지'이기 때문이다. 문제를 정확히 알아야 그에 맞는 답을 줄 수 있다.

　잘 듣기 위해서는 먼저 잘 물어보아야 한다. 먼저 묻고 그 다음에 듣는 것이 경청의 순서다. 이청득심(以聽得心)이라 했다. 관심으로 물어보고 진심으로 귀 기울여 듣는다면 상대의 마음을 얻을 수 있다. 대화의 방식을 바꿔보자. 내 말을 하기에 앞서 상대방의 생각이나 의견에 대해 묻고, 그들의 이야기에 진심으로 집중하는 것이다. 이렇게 한 달만 해보자. 상대방을 제대로 이해하게 될 뿐 아니라, 당신은 사려 깊은 사람으로 기억될 것이다.

올리버 웬델 홈즈도 이렇게 말한다. "말하는 것은 지식의 영역이고, 듣는 것은 지혜의 영역이다."

오만과 편견, 그리고 신뢰

♣

5년 전, 사소한 형사 문제에 휘말려 성철이 나를 찾아왔다. 사회생활을 하다 알게 된 후배인데 그는 중견기업 자금부에서 일하고 있었다.

"그냥 합의하는 게 어때?"

나는 성철에게 합의를 권유했다. 하지만 성철은 단호했다.

"선배님, 제 잘못도 아니고 오히려 상대방이 촉발한 일인데 제가 왜 가해자인 것처럼 합의를 해야만 합니까? 그건 사회정의에 반한다고 생각합니다."

아, 사회정의라……. 원칙주의자인 성철답다.

"마음은 알겠는데, 일단 상대방이 상처를 입었다고 진단서를 제출한 상황이니 자네에게 불리해."

"선배님, 전후 맥락을 따져보면 제가 아니라 오히려 저쪽이 가해자 아닌가요?"

사연은 이렇다. 성철에게는 다섯 살과 세 살 된 두 아들이 있었고 당시 아파트 5층에 살고 있었다. 어느 일요일 저녁, 성철 부부는 애들만 남겨두고 잠시 시장에 다녀왔다. 집으로 돌아와 보니 대문이 열려 있었고, 4층에 사는 김형래 씨가 성철네 집 현관에 들어와 있었다. 심지어 성철의 두 아들은 손을 들고 무릎을 꿇은 채 벌을 서고 있는 게 아닌가.

평소 4층에 사는 사람이 정신적으로 문제 있다는 소문이 있어 아파트 주민들 사이에서 말이 많았는데, 자기 집 안에서 그 사람을 봤으니 가슴이 철렁할 수밖에 없었다. 어찌된 일이냐고 따져 묻자 김형래 씨는 "초인종을 눌렀더니 애들이 문 열어줬어요. 물 한잔 달라고 했는데 애들이 안 줘서 혼냈어요."라며 횡설수설했다.

화가 난 성철은 "어른도 없는 집에 왜 함부로 들어옵니까?"라고 거세게 항의했고, 김형래 씨는 "너도 나를 무시하느냐?"면서 주먹으로 성철을 때리려고 했다. 성철은 주먹을 피하려고 몸을 숙이며 상대를 밀쳤고, 김형래 씨는 밀려나 넘어지며 머리를 바닥에 부딪쳤다. 병원 진단 결과 뇌진탕에 전치 3주가 나왔다. 그는 성철을 상해죄로 고소했고 이에 성철도 주거침입죄로 김형래 씨를 맞고소했다.

경찰이 보기에도 김형래 씨의 정신에 문제가 있어 보였는지 성철에게 서로 원만히 합의하고 쌍방 고소를 취하하는 선에서 마무리 지을 것을 권유했다. 나 역시 서로 합의하고 고소는 취하하는 쪽이 좋겠다고 권했다. 하지만 독실한 크리스천이자 원칙주의자인 성철은 그런 식의 타협은 옳지 않다며 합의를 강하게 거부했다.

"성철아, 네 마음 알겠는데 살다 보면 그냥 피해가는 게 좋을 때도 있어. 꼭 무서워서 피하는 게 아니잖아."

어떻게든 달래보려 했지만 성철은 합의하기를 끝내 거부했다. 결국 성철은 상해죄로 벌금 70만 원, 김형래 씨는 주거침입죄로 벌금 50만 원의 벌금형을 받고 사건은 마무리되었다.

*

이 사건은 그렇게 잊히는 듯했다. 그런데 1년쯤 지난 어느 날, 나는 성철의 전화를 받았다. 다급한 목소리였다.

"선배님, 저 어쩌면 좋죠? 큰일 났어요. 눈앞이 캄캄합니다."

성철이 다니던 회사가 대표이사의 무리한 투자 결정으로 인해 자금난에 시달리게 되었고 결국 6개월 전에 부도 처리되었다고 했다. 성철은 회사를 그만둘 수밖에 없었다.

이후 직장을 구하기 위해 백방으로 노력한 끝에 헤드헌

팅 회사를 통해 독일계 Z사 자금부 담당 직원을 뽑는다는 정보를 입수하고 입사 지원을 했다. 경쟁률이 치열했지만 성철은 서류 심사를 통과하고 면접도 잘 마쳤다. Z사의 연봉은 예전 회사에 비해 훨씬 높았고, 성철의 강점인 외국어 실력을 뽐낼 수 있는 곳이라 여러 면에서 매력적인 곳이었다.

문제는 마지막 신원조회 단계에서 불거졌다. 회사는 성철에게 몇 가지 확인 절차를 거쳤는데, 그중 '형사적으로 처벌받은 사실이 있는지'를 물어보는 항목이 있었다. 일반 사기업으로서는 형사처벌을 받았는지 여부를 파악하기가 어렵다. 성철은 거짓으로 대답할 수도 있었다. 하지만 '바른 생활 사나이' 성철은 자신이 상해죄로 70만 원 벌금형을 받은 사실을 숨기지 않았다. 비록 자신이 벌금형을 받았지만 전후 사정을 잘 설명하면 인사 담당자를 충분히 납득시킬 수 있을 거라 생각했던 것이다. 하지만 인사 담당 이사의 뜻은 달랐다.

"우리 회사는 폭행, 상해 전과자는 채용할 수 없습니다."

성철은 절박했다.

"그때 선배님 말씀대로 그냥 합의했으면 이런 일도 없었을 텐데, 정말 후회막급입니다. 회사 측에 사정을 잘 설명해서 취업이 되도록 할 방법은 없을까요? 면접까지 다 통과한 마당에 이렇게 되니……. 너무 억울합니다."

가장이 되어 6개월째 월급 없이 살아가는 일이 얼마나 고통스러운지는 더 이상 설명이 필요 없으리라. 이 난관을 어떻게 극복해야 할지 감이 잡히지 않았다.

나는 직접 Z사와 부딪혀보기로 했다. 성철에게 Z사 인사 담당 이사의 전화번호를 달라고 했다. 성철은 내가 나서자 큰 기대를 하는 눈치였다. 나는 크게 심호흡을 하고 전화를 걸었다.

"안 이사님이시죠? 안녕하십니까? 저는 조우성 변호사라고 합니다. 이성철 씨 문제와 관련해서 드릴 말씀이 있습니다."

안 이사는 차분하게 전화를 받았다. 나는 성철이 억울하게 사건에 연루되었으며, 사실은 대단치 않은 사건임을 설명했다. 안 이사는 내 설명을 한참 동안 듣고 나서는 질문을 던졌다.

"실례지만 조 변호사께선 이성철 씨와 어떤 사이인가요? 변호사와 의뢰인 관계인가요?"

"아……. 변호사와 의뢰인의 관계라기보다는 사회에서 알게 된 선후배 사이입니다. 당시 사건도 제가 정식으로 의뢰받아 처리한 건이 아니고 지인으로서 상담을 해준 겁니다."

나는 솔직히 설명했다.

"그럼 이 의견은 공식적인 의견이 아니지 않습니까? 변호사로서 정식으로 사건을 수임했다면 모르지만 순전히 개인적인 친분으로 사건을 도와준 데 불과하다면, 조 변호사님의 평가는 다소 편향됐다고 생각되는데요?"

'아차, 내가 실수했나' 싶어 등골에 식은땀이 흘렀다.

안 이사는 말을 이었다.

"어떻든 자세히 설명해주셔서 감사합니다. 하지만 회사 방침이 그렇다 보니 이성철 씨 건에 대해서는 원하시는 답변을 드릴 수 없겠습니다. 유감입니다."

외국계 회사라서 그런지 형사 전과에 매우 엄격한 것 같았다. 기대를 갖고 옆에서 지켜보던 성철은 크게 낙담했다. 다시 일자리를 알아보려면 최소한 몇 개월은 더 걸릴 터였다. 내가 답변을 잘못해서 일이 더 꼬인 듯해 심하게 자책이 되었다.

한편으로 오기가 생겼다. 성철이 건네준 안 이사 명함에 있던 이메일 주소를 메모했다. 좋다, 어차피 밑져봐야 본전. 잃을 게 없다는 심정으로 그날 밤 이메일을 썼다.

안 이사님께

좀 전에 전화로 인사드린 조우성 변호사입니다. 갑자기 연락 드렸음에도 친절하게 전화 받아주셔서 정말 감사드립니다.
성철 군은 제가 아끼는 후배이기에 한 번만 더 부탁을 드리고자 메일을 씁니다. 번거롭게 해드려 송구하지만 넓은 마음으로 읽어주시면 감사하겠습니다.
사회생활을 하면서 제가 많은 이들을 만났지만 성철 군은 참 특별한 사람입니다. 요즘 젊은이답지 않게 고지식하면서도 원칙을 지킬 줄 아는 사람입니다. 이번에 문제가 된 형사사건도 그런 고지식함에서 비롯됐습니다.
사건 내용을 요약하자면 이렇습니다. 정신질환을 앓고 있는 아래층 사람이 성철 부부가 집에 없을 때 갑자기 올라와 다섯 살, 세 살 아이들을 위협하는 것을 성철 군이 발견했고, 이를 항의하다 우발적으로 일어난 사건입니다. 사실 따지고 보면 성철 군을 가해자라 보기 어렵습니다. 하지만 우리 형사 절차상, 원인이야 어떻든 결과적으로 상처를 입은 사람이 피해자로 인정받는 다소 불합리한 면이 있습니다. 이 사건에서도 아래층 사람이 성철 군에게 밀려 다치게 되자 진단서를 발급받아 고소를 했고, 이 때문에 문제가 커진 것입니다.

일이 형사 문제가 되자 경찰은 서로 합의하고 종결할 것을 권유했고, 저 역시 그렇게 하라고 성철 군에게 권유했습니다. 하지만 성철 군은 그건 자기 양심에 반하는 일이라면서 끝내 합의를 거부했고 결국 벌금형을 받은 겁니다.

저는 성철 군이 참 융통성이 없다고 생각합니다. 웬만한 사람이면 피해자와 적절히 타협해 전과자가 되는 건 피했을 겁니다. 하지만 성철 군은 옳고 그름에 대한 주관이 뚜렷했기에, 비록 자신이 벌금 전과자가 되더라도 부당한 타협은 하지 않은 것입니다.

이사님, 현재 성철 군이 귀사에 지원한 파트가 자금부인 것으로 압니다. 자금부 직원은 원칙과 규율을 지키며 쉽게 타협하지 않는 성격을 갖고 있어야 하지 않을까요? 제가 5년간 지켜본 성철 군은 그 직무에 꼭 맞는 자격과 성품을 갖고 있습니다.

저는 성철 군과 별다른 이해관계가 없습니다. 성철 군이 취업한다고 해서 제가 커미션을 받는 것도 아닙니다. 친인척도 아닙니다. 하지만 사회 선배로서 성철 군 앞에 찾아온 좋은 기회가 이대로 사라지는 것이 안타까워 이렇게 메일을 씁니다. 형사사건과 관련해 더 궁금하신 점이 있다면 언제든 설명드리겠습니다.

제 휴대전화 번호는 010-××××-××××입니다.

긴 메일 읽어주셔서 감사드립니다.

성철 군을 진심으로 응원하는 조우성 올림

정말 단숨에 편지 한 통을 쓰고는 발송 버튼을 눌렀다.

*

다음 날, 안 이사에게서 한번 만나자는 전화가 왔다. 나는 당일 오후 Z사에 가서 안 이사를 만났다. 안 이사는 성철 군의 형사사건 내용을 다시 물었고 나는 최대한 자세히 설명했다. 내 설명을 꼼꼼히 메모하면서 듣고 있던 안 이사는 불쑥 이런 제안을 했다.

"조 변호사님, 그럼 만약 이성철 씨가 우리 회사에 입사해 문제를 일으킨다면 말입니다. 예를 들어 분노를 조절하지 못해 누군가를 폭행하는 일이 발생한다면 그에 대해 일체의 책임을 지겠다는 각서나 보증서를 써주실 수 있습니까?"

신원보증서를 써달라는 얘긴가? 내게 그걸 써달라고?

나는 좀 너무하다 싶었다. 보증 때문에 다양한 법적 분쟁에 휘말린 의뢰인들을 숱하게 보고 살아왔는데, 형제도 아니고 사회에서 만난 후배를 위해 보증을 서야 한다? 고민이 되었다.

"아무래도 부담스러우시죠?"

안 이사가 미묘한 웃음을 지으며 말했다. 아, 이런. 여기까지 왔는데 물러설 순 없다. 에라, 모르겠다. 설마 무슨 일이 생기겠는가. 성철은 정말 믿을 만한 친구가 아닌가.

"네, 주십시오. 쓰겠습니다."

안 이사는 나를 물끄러미 쳐다봤다. 잠시 침묵이 흘렀다. 그는 메모지를 챙기며 일어나더니 내게 됐다는 손짓을 했다.

"그냥 해본 소리입니다. 됐습니다."

사흘 후 성철은 Z사로부터 최종 합격 통보를 받았다. 나중에 성철에게 들어보니 별 이해관계도 없는 변호사가 나서서 메일도 보내고 직접 회사까지 찾아와 성철 군을 옹호해준 점을 인사 담당 이사가 본사에 보고했단다. 본사에서는 '그 정도면 문제를 일으킬 사람은 아니다'라는 내부 평가를 내렸다는 것이다. 눈물을 글썽이는 성철과 나는 진한 포옹을 했다.

시간이 흘러 문득 성철이 궁금해졌다. 각자 사는 것이 바빠 연락이 뜸한 터였다. 요즘 회사들이 다 어렵다는데 이 친구네 회사는 어떤가 싶어 전화를 해봤다. 성철의 목소리에는 힘이 넘쳐났다. 입사할 당시 Z사는 국내 업계 5위였는데 이제는 2위라고 했다. 성철 자신은 회계팀장이 되어 있었다.

"선배님, 제가 웬만하면 선배님 법률사무소로 사건을 밀어보려 했는데요. 외국 회사라 본사에서는 꼭 김앤장하고만 진행하라고 합니다. 정말 죄송합니다."

그저 씩 웃음으로 응답한 나는 마음속으로 말했다.

'괜찮네, 이 친구야. 사건 안 밀어줘도 되네. 요즘 같은 시절에 그리 잘나가고 있다니 오히려 내가 얼마나 뿌듯한지 모르겠다.'

이런 보람 하나 마음속에 품고 사는 인생도 썩 괜찮지 않은가 말이다.

*

나는 왜 겁도 없이 성철의 신원보증을 서겠다고 나섰을까? 허세였을까? 생각해보면 꼭 그렇지는 않은 것 같다.

이유는 분명했다. 평소 그의 모습이 나에게 믿음을 주었기 때문이다. 나는 그동안 지켜본 성철에 대해 종합 평가를 내렸던 것이다. 워낙 원칙주의자인 데다 예의 바른 사람이었기에 잘못된 일을 저지르지는 않을 것이라는 확신이 있었다. 그런 믿음이 없었다면 나도 그런 결정을 내리지 못했을 것이다.

성철의 타협 없는 원칙주의는 때로 오만한 결과가 되었고, 그 한 번의 오만을 세상은 편견의 시선으로 보았다. 하지만 나는 알고 있었다. 그의 오만이 사실은 흔들리지 않는 신념이었고, 그가 지키고 싶어 하는 삶의 기준이었다는 것을. 그리고 나는 그의 그런 모습을 믿기로 했다.

평소 내가 주위 사람들에게 어떤 사람으로 보였는가, 어떤 이미지로 비쳤는가 하는 점은 결정적인 순간에 영향을 미친다. 적토성산(積土成山), 흙이 쌓여 산을 이루듯 매일의 말과 행동이 켜켜이 쌓여 그 사람의 진면목이 된다. 그러니 어찌 말과 행동을 함부로 하겠는가.

감사할
용기

♣

수년 전의 일이다. 대학 친구가 전화로 자기 여동생 일을 부탁했다. 그의 여동생은 의정부시에 있는 건물의 2층에서 피아노 학원을 운영했는데 남편이 대전으로 발령이 나 이사를 해야 했다. 마침 2년의 임대차계약도 만료되어 임대인에게 나가겠다고 통보하고 짐을 뺀 뒤 새 삶의 터전이 될 대전 집도 계약을 마쳤다. 원래대로라면 임대인은 계약 기간 만료될 때 전세 보증금을 돌려줘야 하는데 '다음 임차인이 들어오면 그 사람에게서 보증금을 받아서 돌려주겠다'라며 보증금을 반환하지 않고 있다고 했다.

친구 여동생인 김유승 씨는 다급한 기색이 역력했다.

"돌려받아야 할 보증금이 4천만 원이에요. 보증금과 은행 대출금을 합해서 대전 집의 중도금과 잔금을 내야 하거든요. 그런데 임대인이 보증금을 안 내주고 있으니 걱정입니다. 2주 내에 돈을 마련하지 못하면 계약 위반으로 대전 집 계약금 2천만 원을 날릴 판이에요. 몇 번 항의를 했는데 아예 들은 척도 하지 않아요. 변호사님께서 강력한 경고장을 써서 건물주에게 보내주시면 겁을 먹고서 보증금을 돌려주지 않을까요?"

 법적으로는 복잡하지 않은 사건이었다. 임대차계약 기간이 다 되었고 세입자가 집을 비워줬는데 임대인이 보증금을 돌려주지 않고 있으니 이는 계약위반이라고 밝히고 보증금의 반환을 요구하는 경고장을 작성하면 될 일이었다.

 "네, 알겠습니다. 바로 경고장 작성해서 저희 사무실에서 내용증명으로 발송하겠습니다."

 나는 내 방으로 돌아와 20분 만에 경고장을 작성한 뒤 비서에게 내용증명 발송을 지시했다. 그러고는 함께 일하는 동료 변호사들과 식사를 하러 갔다.

 그런데 부동산팀 정 변호사가 자기 사건 이야기를 하면서 고개를 절레절레 흔들었다.

 "경고장 잘못 보냈다가 문제가 완전 꼬여버렸어요. 아휴……."

 의뢰인 요청으로 손해배상청구 및 형사고소를 하겠다는 변호사 명의의 경고장을 보냈는데, 그 경고장이 상대방 자존심을 건드리는 바람에 감정싸움으로까지 번졌다는 것이다. 문제가 해결된 것이 아니라 분쟁이 더 커지면서 오래 가게 생겼다는 말이다.

"경고장을 보내면 겁먹을 줄 알았는데 그게 아니네요. 불에 기름을 끼얹은 격이 되고 말았어요."

그러자 듣고 있던 선배 박 변호사가 웃으며 말했다.

"경고장도 사람 봐가며 보내야 해. 경고장이 통하는 사람이 있는가 하면 안 통하는 사람도 있어. 의뢰인이 하자는 대로 했다고 해도 막상 일이 꼬이면 욕먹는 쪽은 변호사라고."

아차 싶어 나는 급히 비서에게 전화를 걸었다.

"혜민 씨, 아까 얘기한 내용증명, 우체국에서 발송했어요? 미안하지만 지금 당장 우체국에 가서 발송 보류한다고 말하고 찾아오세요."

집주인의 성향을 전혀 파악하지 않고 경고장을 보냈다는 사실을 뒤늦게 깨달은 것이다. 나는 김유승 씨에게 전화를 걸어 오후에 다시 사무실로 와달라고 했다.

*

"이 사건 처음부터 자세하게 다시 설명해주실래요? 임대인은 어떤 사람인가요?"

유승 씨는 고개를 갸웃하더니 차근차근 설명을 시작했

다. 임대인은 건물 1층에서 슈퍼마켓을 운영하는 50대 후반의 남성이고, 그 동네 반장이라 무슨 문제든 나서서 적극 중재하는 스타일이라고 했다. 술을 아주 좋아하고 조기축구회도 열심히 나간단다. 알뜰한 스타일이고, 작은 건물이 한 채 더 있으며 지방에는 꽤 넓은 땅도 갖고 있다고 했다. 돈이 없는 사람은 아니었다.

나는 좀 더 자세히 알고 싶어 물었다.

"처음 입주했을 때 임대인과 관계는 어땠나요?"

"처음에는 잘 지냈죠. 자기 건물에 피아노 학원이 들어와서 건물의 격이 높아졌다면서 좋아하시더라고요. 학원에도 한 번씩 들러서 필요한 게 없나 둘러보기도 하고……."

유승 씨가 그 건물을 계약한 이유는 깨끗하게 관리가 잘되고 있기 때문이었다. 임대인의 부지런한 성격이 한몫을 했다.

"임대인과는 계속 관계가 좋았나요, 아니면 중간에 좀 틀어진 계기가 있었나요?"

나의 질문에 유승 씨는 잠깐 생각에 잠기더니 이렇게 말했다.

"자기처럼 음악을 모르는 사람도 피아노를 배울 수 있

겠느냐면서 학원에 자주 오시곤 했습니다. 음…… 그러고 보니 건물주와 사이가 틀어진 계기가 있었네요. 그분이 학원에 자주 내려와서 이것저것 살펴보곤 했는데, 허름한 잠바를 걸치고 와서 피아노를 떵떵거리는 게 저로서는 눈에 거슬렸습니다. 당연히 그분이야 나쁜 뜻은 없었겠지만 학생들 보기에 좀 그렇더라고요. 전 나름대로 학원 분위기를 최고급으로 유지해야 한다고 생각해서 인테리어도 신경을 많이 썼거든요. 어느 날 제가 정색을 하고 '앞으로 꼭 필요한 일이 아니면 여기 출입을 삼가주면 좋겠다'라고 단호하게 말했어요. 생각해보니 그 후로 서로 인사도 안 하고 지냈던 것 같네요. 좀 서먹서먹해졌고요."

한 번도 만난 적은 없지만 임대인의 이미지가 머릿속에 그려졌다. 나는 유승 씨에게 말했다.

"경고장을 발송하는 것보다 다른 방식으로 접근하는 게 어떨까요? 경고장을 보내면 문제가 더 복잡해질 것 같습니다."

"하지만 변호사님께서 경고장을 보내면 태도가 바뀌지 않을까요?"

"유승 씨 말씀을 들어보면 임대인은 돈이 없는 사람이 아닙니다. 그럼에도 돈을 쉽게 내놓지 않으려는 것은 뭔가

'당신, 혼 좀 나봐라'라는 억하심정이 깔려 있는 것 같아요. 임대인 입장에서는 보증금을 늦게 내주는 만큼 이자만 더 얹어주면 되죠. 하지만 유승 씨는 당장 2주 내에 돈을 마련하지 못하면 계약금을 날리게 될 판이잖아요."

"하기야 돈 있는 사람이니 이자가 더해진다고 해서 그리 겁을 먹진 않겠네요."

"제 추측이지만 아마도 임대인은 유승 씨에게 무시당했다는 느낌을 받은 것 같아요. '그래? 날 무시했어?' 이렇게 억하심정을 품은 상황에서 유승 씨에게 급한 상황이 발생하자 협조하기 싫어진 겁니다."

"그럼…… 어떻게 해야 할까요?"

"음…… 임대인이 건물을 잘 관리해준 덕분에 그동안 학원도 잘 운영했잖아요. 또 남편이 좋은 데 발령도 났고요. 나쁜 의도로 학원을 들락거린 게 아닐 테니 그분의 마음을 누그러뜨릴 수 있는 감사 편지를 써보는 건 어떨까요."

"그러다가 오히려 약점을 잡히지 않을까요?"

"만약 그래도 안 되면 그때 경고장을 보내고 소송하는 것으로 하죠. 어차피 소송 시작하면 끝날 때까지 최소한 6개월 이상 걸립니다. 유승 씨는 당장 2주 내에 돈이 필요하니 이 방법을 써보시죠."

*

　김유승 씨는 그날 저녁 당장 감사 편지를 썼다. 막상 쓰다 보니 건물주에게 고마운 점이 하나둘 생각이 나더란다. 편지만 전하기가 좀 그래서 상품권 세 장을 같이 포장해서 다음 날 건물주를 찾아갔다.

　1층 슈퍼마켓 카운터에 있던 임대인은 유승 씨를 보고는 흠칫 놀라며 경계를 했다. 유승 씨는 편지와 상품권을 건네며 "그동안 감사했습니다."라고 인사하고는 유유히 슈퍼마켓을 빠져나왔다.

　그 후 과연 어떻게 됐을까? 유승 씨 못지않게 초조한 쪽은 바로 나였다. 나그네의 옷을 벗기는 것은 사나운 바람이 아니라 따뜻한 햇살이라는 이솝 우화 식의 처방이 실제로 통할지 궁금했다.

　김유승 씨가 감사 편지를 전한 지 사흘 뒤에 건물주는 유승 씨에게 보증금 4천만 원에 이사비로 50만 원을 더 얹어 입금했다. 그리고 짧은 문자 한 통이 도착했다. '잘 되시기 바랍니다.'

　"제가 생각이 짧았어요. 나쁜 분이 아니더라고요. 오히려 좋은 분이셨어요."

임대인의 배려에 고마워한 유승 씨는 내게도 감사의 뜻을 전했다. 나는 그날 이후 동료들에게 으스대면서 자랑할 레퍼토리가 하나 늘었다.

"다들 들어는 봤어? 경고장보다 강력한 감사 편지! 변호사라면 말이야 이 정도는……."

*

법은 분쟁을 해결하는 효과적이고 강력한 도구다. 하지만 그것은 마지막 수단이어야 한다. 어쩌면 우리는 법이라는 칼자루를 너무 쉽게 손에 쥐는지도 모른다. 모든 일에는 순서가 있다. 법정에서의 다툼은 다른 모든 해결책을 시도한 후의 마지막 선택이 되어야 한다.

분쟁이 발생하면 사람들은 흔히 '법대로 하자'고 말한다. 하지만 정작 법정에서 승리하더라도 그 대가를 치르는 피로스의 승리(Pyrrhic victory)가 되기도 한다. 물론 분쟁이 발생했을 때 법적 해결의 검토는 반드시 필요하다. 그리고 그때 한 번쯤은 멈춰 서서 생각해볼 일이다. 우리가 놓치고 있는 것은 없는지, 다른 방법으로 해결할 여지는 없는지.

내가 변호사로 일하며 깨달은 것은, 법정에서의 승리만이 유일한 해답은 아니라는 점이다. 때로는 갈등 이면에 놓인 인간적 맥락을 이해하고, 서로의 입장을 존중하며 해결점을 찾아가는 것이 더 현명한 선택일 수 있다.

우리는 흔히 상대방의 잘못된 행동에만 주목한다. 하지만 그 행동 뒤에는 우리가 미처 보지 못한 상처나 자존심, 때로는 서툰 호의가 숨어있을 수 있다. 그것을 발견하고 인정하는 데는 용기가 필요하다. 하지만 그 용기야말로 진정한 문제 해결의 시작이 될 수 있다.

세상에는 두 가지의 힘이 있다. 밀어붙이는 강요의 힘과 끌어안는 포용의 힘이다. 노자가 이르길 "약한 것이 강한 것을 이기고, 부드러운 것이 단단한 것을 이긴다(弱之勝强 柔之勝剛)."고 했다. 후자는 전자보다 더디고 힘들지만, 그 끝은 언제나 더 단단하다.

이익을 보면
의리를 잊는다

♣

오재영 씨는 인천에서 공업사를 운영하고 있다. 업체의 발주를 받아 금형을 주조하여 제품을 만드는 일을 해온 지 오래되었다. 손재주가 뛰어난 그는 새로운 것을 발명하는 데 관심이 많았는데, 오랜 시행착오 끝에 자동차 엔진 브레이크 성능을 획기적으로 높이는 장치를 고안해냈다. 몇 번의 필드 테스트를 거쳤는데 효과가 좋았다.

재영 씨는 지인을 통해 K사 담당자를 만나 제품을 소개했다. K사는 브레이크 부품에 있어 국내 최고 업체이자 연 매출 3조 원에 이르는 기업이었다. 처음에 K사는 작은 업체의 제안이라 그런지 별 신경을 쓰지 않았다. 그러다 담당 차장이 내용을 유심히 살펴보고 재영 씨를 여러 차례 만나본 뒤 생각이 바뀌었고, 이 기술을 신차에 적용할 수 있다고 판단하기에 이르렀다.

일은 급진전되기 시작했다. K사는 오재영 씨와 기술 이전 및 제조 협력에 관한 계약을 맺기 위해 협상을 진행했다. K사가 제안한 내용은 기술 사용료로 7억 원을 일시 지급하고, 해당 기술이 반영된 제품이 판매될 때마다 이익금의 5퍼센트를 로열티로 지급하는 것이었다. 게다가 재영 씨가 직접 제조해서 다른 업체에 판매하더라도 간섭하지 않겠다는 확약까지 해주었다. 독점 사용권을 주장하지 않은 것이다.

괜찮은 조건이었다. 재영 씨는 평생 소규모 공업사만 운영하다 이번에야 제대로 된 사업을 해볼 수 있겠다는 생각에 기대감이 부풀었다. K사는 재영 씨에게 기술에 대한 특허를 갖고 있는지 물었다. 하지만 재영 씨는 별도로 특허를 출원하지 않았다. K사는 특허를 갖고 있지 않으면 제3자에 대해 독점권을 행사할 수 없으므로 이 기술에 대한 특허를 출원할 것을 조언했다.

재영 씨는 변리사를 만나 의논했다. 담당 변리사는 재영 씨의 기술과 동일하거나 유사한 기술이 먼저 특허로 출원 또는 등록되었는지 검색했는데, 놀랍게도 거의 유사한 기술 특허가 이미 1년 전에 출원되어 최근에 등록되었다는 사실을 확인하게 되었다.

특허권자는 C사였다. 재영 씨는 C사를 전혀 알지 못했다. 도대체 어찌된 일인지 몰라 재영 씨도 어리둥절했다. 이 사실을 알게 된 K사는 재영 씨와 일을 계속 진행하기는 곤란하며 관련 특허를 가진 C사와 접촉할 수밖에 없다는 의사를 밝혀왔다. K사는 C사에 연락을 취했고, C사는 K사와 몇 번의 미팅을 거친 뒤 자신의 특허를 K사에게 라이선스 주는 방식으로 공동 협업을 진행하기로 결정했다.

재영 씨는 그야말로 청천벽력 같은 소식에 망연자실하고 말았다. 그는 나를 만나 이 문제를 해결할 방법이 없겠느냐고 문의했다. 특허나 상표는 먼저 출원해서 등록을 받은 사람이 권리를 얻는 것이므로 먼저 발명했다 하더라도 특허로 권리를 확보해놓지 않으면 당연히 특허권자에게 밀리게 된다. 상용화를 해야 할 K사 입장에서는 특허권을 보유한 업체와 일을 할 수밖에 없다.

"딱히 뾰족한 해결책이 없습니다."

나는 재영 씨에게 억울하지만 별다른 수가 없음을 설명했다. 다음에 또 다른 기술을 발명하게 되면 그때는 무조건 특허 출원부터 하라는 때늦은 조언만 해줄 수밖에 없었다. 재영 씨는 내 설명을 들은 이후에도 미련이 남아 특허권자로 등록한 C사에 대해 계속 알아보았다. 그러던 중 C사의 부사장이자 경영고문이 바로 자신의 고등학교 동창이라는 것을 알게 되었다.

"고등학교 동창이 C사의 부사장 겸 경영고문으로 있다고 해서 달라질 게 없습니다, 사장님."

흥분해서 나를 찾아온 재영 씨를 위로해주었다. 하지만 막상 자세한 설명을 듣고 나니 그냥 넘어갈 문제가 아님을 깨달았다.

*

1년 6개월 전, 오재영 씨는 고등학교 동창인 김정훈 씨와 자신의 공업사 사무실에서 만났다. 정훈 씨는 고교 시절 전교 수석을 놓치지 않았고, 체육대회 때면 반 대표로 나서 우승컵을 거머쥐던 만능 엘리트였다. 반면 재영 씨는 내성적인 성격에 성적도 좋은 편이 아니라 친구들과 잘 어울리지 못했다. 그런 재영 씨를 정훈 씨는 항상 챙겨주었다.

일류 대학을 졸업하고 국내 굴지의 S그룹에서 승승장구하던 정훈 씨는 부하 직원의 불미스러운 횡령 사고에 연대 책임을 지고 사표를 냈다. 새로운 일을 찾을 겸해서 여러 사람들을 만나던 중에 재영 씨 공업사를 찾았던 것이다.

"제가 그때 이 기술에 대한 아이디어 노트와 그때까지 작성된 설계도를 그 친구에게 보여줬습니다. 자랑하고 싶었거든요. 정훈이도 기계 전공이라 상당한 관심을 보이더라고요."

 정훈 씨는 설계도를 들여다보며 조언을 건넸고, 나중에 더 발전된 아이디어를 주겠다며 노트와 도면을 휴대전화로 찍어갔다고 한다.

 "분명히 그때 친구분이 휴대전화로 아이디어 노트와 설계도를 촬영했나요?"

 "솔직히 긴가민가한데 어렴풋이 기억이 납니다."

 어렴풋이 기억이 난다……. 이것만으로는 나중에 분쟁이 본격화됐을 때 이쪽 주장을 입증하기가 쉽지 않다.

 "만약 그 친구가 제 아이디어 노트와 설계도를 촬영해서 이를 근거로 C사가 특허를 출원했을 경우 어떻게 되나요?"

 나는 특허법을 찬찬히 살펴보았다. 원래 발명을 한 사람만이 특허를 받을 수 있는 권리를 가지는데, 그 이외의 자가 부당하게 특허를 받으면 그 특허는 무효가 된다. 이렇게 무효가 된 다음에는 정당한 권리자는 기존에 잘못 등록된 특허가 처음 출원된 때 자신이 출원한 것을 취급받게 된다.

 결국 김정훈 씨가 오재영 씨의 아이디어를 C사에 넘겼고 C사가 이를 받아 특허 출원했음을 입증할 수만 있으면 재영 씨는 특허무효심판을 통해 C사의 특허를 무효로 만든 다음 특허를 자기 앞으로 되찾아 올 수 있다. 하지만 역시나 문제는 정훈 씨가 재영 씨 아이디어를 훔쳤음을 실토하느냐 여부였다.

"정훈이를 한번 만나보겠습니다. 어찌된 일인지 물어봐야겠어요."

과연 두 친구가 어떤 대화를 주고받을지 무척 궁금했는데, 며칠 후 재영 씨가 전화로 결과를 알려왔다. 당시 사진을 찍은 사실이 없으며 설계도도 제대로 본 기억이 없다, C사도 개발 인력이 있어 자체 개발한 것으로 보인다, 이렇게 되어 참 안타깝다, 김정훈 씨는 그렇게 말했다는 것이다.

"그 말이 사실인가요?"

"제 느낌으로는…… 친구가 분명 사진을 찍은 것 같습니다. 정훈이는 거짓말을 잘 못해서 티가 나거든요."

나는 김정훈 씨를 부정경쟁방지법상 영업비밀 침해로 형사고소해서 압수 수색 등을 통해 휴대전화 사진 기록이나 C사 내부 자료를 강제로 확보하는 방안을 강구해볼 수 있다고 설명했다.

"어휴, 그렇게까지 하고 싶지는 않습니다. 친구를 고소할 수는 없습니다. 그 친구 회사에서 대우 잘 받고 있는 것 같던데…… 됐습니다."

재영 씨 얼굴을 보니 만감이 교차하는 듯했다.

*

그러던 어느 날, 오재영 씨와 김정훈 씨가 함께 내 사무실을 방문하자 나는 깜짝 놀랐다. 정훈 씨 얼굴을 보니 그동안 고심한 흔적이 역력했다.

"솔직히 다 말씀드리겠습니다."

재영 씨 추측대로 정훈 씨는 1년 6개월 전 재영 씨 공업사에서 아이디어 노트와 설계도에 흥미를 느꼈고, 나중에 조언을 해주려는 생각으로 휴대전화로 촬영을 했다.

그 후 C사에 부사장 겸 경영고문으로 스카우트됐는데, 당시 C사에서는 자동차 부품 관련해 여러 신사업을 두고 고민하고 있었다. 정훈 씨는 스카우트된 사람으로서 뭔가 기여를 해야 한다는 부담감에 '이런 아이디어를 가진 친구가 있다'면서 가지고 있는 사진을 C사 김 대표에게 보여주었다. 그 후 C사가 이 아이디어를 발판으로 특허까지 출원한 사실은 정훈 씨도 알지 못했다고 한다. 이 모든 일은

C사 김 대표의 지시로 진행됐다는 얘기였다.

"지난번에는 사진을 찍은 사실이 없다고 말씀하셨다던데……"

"그때는 용기가 안 났습니다. 회사 내에서 K사와 제휴가 진행되고 있는 상황이라 이제 와서 판을 엎을 수도 없고요. 매달 꼬박꼬박 나오는 월급과 기사 딸린 차, 법인카드, 이게 다 날아갈 수도 있다고 생각하니 선뜻 나설 수가 없었습니다. 회사에서 무언의 압력도 있었고요. 하지만…… 이 친구를 만나고 나서 무척 괴로웠습니다. 그때 찍은 사진은 제 컴퓨터에 보관되어 있습니다. 필요한 확인서도 제출하고 증언도 하겠습니다."

김정훈 씨로서는 꽤나 큰 대가를 치러야 하는 일이었다. 재영 씨는 착잡한 표정으로 아무 말 없이 앉아 있었다.

"김 부사장님, 앞으로 C사에 계속 있기는 힘들 텐데요."

"각오하고 있습니다. 좀 쉬고 싶습니다."

나는 정훈 씨에게서 관련 증거를 건네받고 전체 내용을 기재한 확인서도 받았다. 정훈 씨는 C사에 사표를 냈다. 나는 굳이 C사를 상대로 특허 무효 심판을 제기할 필요가 없다고 판단했다. 대신 이 내용을 솔직히 설명하고 특허를 이전하라는 내용의 통고서를 발송했다. 핵심 증인인 김정훈 씨가 양심선언을 한 마당이라 C사로서도 승산 없는 싸움이었다.

C사로부터 협상을 하자는 제안을 받았다. C사는 정훈 씨가 어찌됐건 회사에 손해를 끼쳤으니 이 부분은 그냥 넘길 수 없다고 했고, 재영 씨는 그 부분은 건드리지 않으면 좋겠다고 부탁했다.

석 달간의 팽팽한 줄다리기 끝에 다음과 같은 합의에 도달했다.

1. C사 명의의 특허권은 오재영 씨에게 이전한다.
2. C사가 특허권을 지금까지 보유함으로써 다른 발명자의 특허 진입을 막은 공로를 고려하여 오재영 씨가 이 특허로 얻게 되는 사업 수익의 30퍼센트를 C사에 로열티로 지급한다.
3. C사는 김정훈 씨에 대해서 일체의 민형사상의 조치를 취하지 않기로 한다.

특허를 이전받은 재영 씨는 K사와 기술 이전 및 제휴 계약을 체결했다. K사는 관련 부품을 양산해 국내 상용차에 적용하기로 했다. 그리고 재영 씨는 오랜 공업사 생활을 청산하고 회사를 새로 설립했다.

그런데 다음 행보가 더 놀라웠다. 재영 씨는 회사에 사장실보다 더 큰 부사장실을 만들고는 정훈 씨를 스카우트했다. 본인은 계속해서 기술 개발을 하고 친구 정훈 씨에게는 영업을 맡겼다. 비 온 뒤 땅이 굳듯 두 사람은 더 굳건한 마음으로 뜻을 모아 함께 일을 하고 있다.

*

누구나 눈앞의 이익 때문에 도리를 저버리고픈 유혹에 흔들릴 때가 있다. 사람이라면, 더구나 가장이라면 그런 유혹에 흔들리지 않을 리 없다. 그러나 그 순간 한 가지 물음을 떠올려보길 바란다. 과연 유혹에 몸을 맡겼을 때 어떤 일이 벌어지겠는가.

내 것을 부당하게 뺏겼다고 생각하는 사람은 그 사실을 결코 잊지 못한다. 그것을 되찾지 못할 바에는 어떻게든 빼앗아간 사람을 해코지하기 위해 골몰한다. 이들을 지탱케 하는 힘은 분노다. 분노에서 비롯된 에너지의 크기는 엄청나다. 그런 분노 때문에 수년간 줄기차게 남을 고소하고 손해배상소송을 제기하는 사람을 여럿 보았다.

상대가 오재영 씨처럼 모든 것을 용서하고 받아들여주는 일은 거의 없다. 유혹에 흔들려 잘못된 선택을 하는 순간, 그 동안 쌓아온 일과 가족, 삶을 통째 잃을 수 있음을 명심해야 한다. 장자는 "이익을 보면 의리를 잊는다(見利忘義)."고 하여 세상의 이치를 경계하였고, 공자는 "이익을 보면 의리를 생각하라(見利思義)."고 하여 인간의 도리를 가르쳤다. 유혹의 순간에 우리가 되새겨야 할 가르침이다. 부정한 유혹으로 얻은 것은 애초부터 내 것이 아니다.

지혜라는 것이 꼭 대단할 필요가 있을까. 그저 내 것이 아닌 것에 흔들리지 않는 것, 그리고 혹여 흔들렸다 하더라도 바로잡을 수 있는 용기를 갖는 것, 어쩌면 그것이 세상을 살아가는 참된 지혜일 것이다.

악역도 현명하게, 최선을 다해서

♣

K사는 직원 200명 규모의 자동차 부품 제조업체다. 창업주인 대표이사가 갑자기 뇌출혈로 쓰러지자 30대 후반의 아들이 회사를 넘겨받아 경영을 해오고 있었다. 김 부장은 K사의 인사부장으로 15년째 근무 중이었다.

어느 날 창업주의 아들인 최 대표가 김 부장을 불렀다.

"부장님, 긴히 의논드릴 일이 있습니다. 좀 민감한 얘기인데……."

최 대표의 말은 이랬다. 창업주가 쓰러진 이후 K사는 여러 문제에 맞닥뜨렸다. 아들인 최 대표는 회사의 생존을 위해 다각도로 활로를 모색하다 200억 원 규모의 투자를 유치할 기회를 얻었다.

"우리 같은 제조업체가 외부 투자를 유치하기는 쉽지 않습니다. 그런데 제가 미국 유학할 때 알게 된 선배가 사모펀드 쪽에 있는데, 우리 회사에 투자할 생각이 있다고 했습니다. 몇 가지 사업 모델을 붙이면 회사가 제대로 도약할 수 있겠다고 하더군요. 현재 얘기가 많이 진척되었습니다."

좋은 소식이었다. 다만 한 가지 문제가 있었다. 현재 K사 직원 숫자가 너무 많다는 점이 그들의 지적 사항이었다.

"50명을 감원하라는 것이 사모펀드 쪽의 요구입니다. 불필요한 인건비를 줄이라는 거죠. 사실 기존 직원들은 사모펀드가 생각하는 새로운 사업 모델에도 맞지 않고요."

최 대표는 명단을 건넸다.

"그동안 비밀리에 외부에 컨설팅을 의뢰했습니다. 여기 이 사람들이 정리 대상입니다. 50명입니다."

김 부장은 이 때문에 나를 찾아왔다. 명단에 있는 직원들을 어떻게 정리해야 할지 방식을 두고 의논을 요청한 것이다. 당시 K사는 경영상 급박한 어려움이 있다고 보기 힘들었으므로 근로기준법상 인정되는 '정리해고'를 진행할 수 있는 상황은 아니었다.

결국 직원들의 '자발적인' 의사에 근거한 권고사직이나 명예퇴직 형식을 취해야 했다. 자발적인 퇴사 형식을 갖추지 못하면 회사는 직원들을 부당 해고한 셈이 되는데, 이 경우 법적인 효력을 인정받지 못할 뿐만 아니라 회사는 상당한 제재를 당하게 된다. 그렇게 되면 당연히 투자는 물 건너가게 될 것이다. 짧게는 1년, 길게는 10년 넘게 같이 일해 온 직원들에게 '합의서를 작성해주고 이제 그만 나가달라'는 말을 해야 하는 김 부장의 입장이 참 딱했다.

투자자는 위로금 명목으로 10억 원을 준비했다. 1인당 2천만 원꼴. 김 부장은 인사부장으로서 총대를 메고 잡음 없이 합의서에 도장을 받아내야만 했다. 병석에 있는 노모와 대학에 다니는 두 딸을 생각하며, 어떻게든 이 러시안 룰렛에서 살아남으리라 다짐했다.

'어쩔 수 없다. 내가 살아야 한다.'

최 대표는 날마다 김 부장에게 진행 상황을 확인했다.

"오늘 합의서 몇 장 받았습니까? 시간이 많지 않습니다. 투자자가 마냥 기다려주진 않을 겁니다. 남은 사람들은 살아야 하지 않겠습니까?"

*

김 부장은 극심한 역류성 식도염에 시달렸다. 시도 때도 없이 신물이 올라와 헛구역질을 해댔다. 악몽으로 잠도 설쳤다.

소문은 금방 사내에 돌았다. 김 부장이 개별 면담을 신청한 직원들의 반응은 제각각이었다. 화를 내는 사람, 체념하는 사람, 어떻게든 위로금을 좀 더 줄 수 없느냐고 사정하는 사람 등등.

김 부장은 매일 저녁 정리 대상자들과 술자리를 갖고는 회사 사정을 설명하고 합의서를 받아냈다. 새벽에 집에 들어가는 일이 다반사였다. 특히 개발2팀 네 명 전원을 정리해야 하는 부분에서 유독 마음이 아팠다. 개발2팀 팀장인 박 차장은 김 부장의 고등학교 후배였으니 더욱 괴로웠다. 심지어 5년 전, 창업주의 특명을 받고 A사에서 잘나가는 엔지니어로 일하던 박 차장을 스카우트한 사람이 김 부장 자신이었다. 개발2팀 팀원들은 김 부장에게 거세게 항의했지만 오히려 박 차장은 흥분한 팀원들을 말렸다.

"박 차장, 정말 면목 없네."

"부장님, 저희 팀이 지금 진행 중인 프로젝트가 유망하다는 것을 잘 알고 계시잖습니까? 이대로 엎어버리기에는 너무 아깝습니다."

"알고 있네. 하지만 대표님은 회사의 비즈니스 모델을 근본적으로 바꿀 셈이네. 어쩌겠는가."

결국 김 부장은 회사에서 쓰러지고 말았다. 급성 위궤양과 심근경색이 겹쳤는데 하마터면 큰일 날 뻔했다. 병원에서는 며칠 입원하라고 했지만, 그럴 사정이 못 된다며 김 부장은 약 처방만 받고 다시 회사로 나왔다.

김 부장이 한 번 쓰러지고 나자 권고사직 대상자에게 합의서를 받는 일은 오히려 수월하게 진행됐다. 다들 김 부장의 입장을 이해하는 눈치였다. 김 부장도 그런 상황을 십분 활용했다. 빨리 상황을 종결짓고 싶었다. 개발2팀 팀원들 중에는 여전히 강경하게 퇴사를 반대하는 사람이 있었지만 박 차장이 그들을 설득했다. 김 부장은 박 차장에게 고맙고 미안한 마음뿐이었다.

 "부장님, 팀원들 거의 설득했습니다. 대신 이거 하나만 부탁드릴게요."

 박 차장의 부탁은, 현재 개발2팀에서 개발 중인 프로젝트는 퇴사한 이후에도 박 차장이 계속 진행할 수 있으며, 회사는 이에 대한 권리를 포기한다는 내용의 확인서를 써달라는 것이었다. 그것만 해주면 팀원들을 데리고 나가 따로 창업을 하든지 다른 수를 내보겠다는 뜻을 밝혔다. 김 부장은 최 대표의 허락을 받아 박 차장이 원하는 확인서를 써주었다.

 "부장님, 건강 챙기십시오. 심근경색, 그거 정말 위험한 겁니다."

 "그래, 스트레스가 주범이라는데 이 일이 정리되면 곧 괜찮아지겠지."

박 차장은 개발2팀 팀원들과 함께 합의서에 도장을 찍고 퇴사했다.

김 부장은 한 달 반 만에 대상자 50명 중 45명에 대한 권고사직 및 희망퇴직 절차를 끝냈다. 그 와중에 대상자가 아닌데도 자발적으로 퇴사하겠다는 직원이 여섯 명이 더 나와 최 대표의 구조조정 목표는 달성됐다. 곧이어 200억 원 신규 투자가 진행됐다. 김 부장은 가슴 한편이 아렸지만 그래도 회사를 위해 좋은 일을 했다고 스스로를 위안했다.

신규 투자가 진행된 후 기존 이사 세 명이 사임하고 주주총회를 통해 신임이사 세 명이 선임됐다. 이들은 모두 사모펀드 쪽 사람이었다. 놀랍게도 대표이사도 변경되었다. 최 대표는 대주주 지위만 유지하되 경영 일선에서는 물러나기로 한 것이다. 김 부장은 이런 상황 변화에 어리둥절했다.

새롭게 선임된 정 대표는 사모펀드 쪽 이사 중 한 명이었는데 그는 취임하자마자 인사를 단행했다. 김 부장은 지방 영업팀으로 발령이 났다. K사에 입사해 지금까지 인사 쪽 업무만 맡았던 김 부장에게 영업팀으로 발령을 낸 것은 이제 그만 나가달라는 말과 같았다. 새롭게 인사부장이 된 사람은 정 대표가 데려온 사람이었다.

이런 상황을 설명하는 김 부장에게 나는 부당한 보직변경도 법적으로 다퉈볼 수 있다고 설명했다. 하지만 김 부장은 씁쓸한 표정으로 웃었다.

"제가 그동안 내보낸 사람이 몇 명인데, 무슨 낯짝으로 혼자 살아보겠다고 회사를 상대로 악다구니를 하겠습니까. 자업자득인 것 같습니다."

권고사직 과정에서 김 부장이 얼마나 마음고생을 했는지 잘 아는 나로서는 회사의 처사가 참으로 야속하게 여겨졌다. 하지만 김 부장은 마음을 굳혔다. 사표를 내고 나서 내게 인사를 한 후 돌아서는 김 부장의 뒷모습에서 진한 허탈감과 아쉬움이 느껴졌다.

*

김 부장을 다시 만난 것은 그로부터 약 2년 반이 지난 후였다. 그는 활기찬 모습으로 내 앞에 나타났다. 표정이 밝아 보기 좋았다. 김 부장은 명함을 내밀었다.

T엔지니어링 인사/총무부장 김○○

어찌된 일일까? 김 부장은 그간의 얘기를 꺼내놓았다. 김 부장은 퇴사 후 직장을 구하려고 노력했지만 40대 후반 나이에 다시 취직하기란 쉽지 않았다. 지출은 늘어나는데 수입이 끊기자 급한 대로 밤에는 대리운전을 했고, 낮에는 음식점에서 설거지를 하며 근근이 버텨야 했다. 그렇게 2년의 세월이 흘렀다.

어느 날 김 부장은 후배 박 차장으로부터 전화를 받았다. K사를 나간 박 차장은 개발2팀 팀원들과 조그만 회사를 차렸고 개발 중이던 프로젝트를 완료해 시제품을 만들었다. 이 시제품으로 중견기업 한 곳에서 거액의 투자를 받아냈는데 이것이 잘되어 국내에서 성공한 것은 물론 해외에 수출까지 하게 된 것이다.

박 차장, 아니 박 대표는 불과 2년 만에 큰 성공을 거두었다. 회사가 갑자기 커지자 인사 업무를 담당할 사람이 필요했다. 회사 구성원이 모두 엔지니어 출신들이다 보니 인사 업무에 문제가 생겼던 것이다.

"박 대표가 그러더군요. 회사를 위해 헌신해줄 사람이 필요하다고요. 쓰러져가면서까지 회사를 위해 일하던 제 모습이 떠올랐다나 뭐라나. 미련한 그 모습을 오히려 좋게 봤다는 겁니다. 세상에, 이런 일도 있더군요."

김 부장은 T엔지니어링의 인사총무 업무를 총괄하게 되었고, 이번에 외국 회사와 진행하는 공급계약서 검토와 관련된 자문을 요청하고자 나를 찾아왔던 것이다.

"우리 박 대표, 제 고등학교 후배지만 정말 훌륭하고 존경할 만한 사람입니다. 최선을 다해 보필해서 큰일 하도록 도울 겁니다. 변호사님도 많이 도와주세요."

김 부장이야 회사를 위해 최선을 다한 것이지만 박 차장 입장에서는 얼마나 야속하고 원망스러웠을 것인가. 그럼에도 김 부장의 어쩔 수 없는 처지를 이해해주고 다시 인연을 이어간 박 차장, 아니, 박 대표가 참으로 존경스러웠다. 한때의 상처가 인연이 되고, 쓰디쓴 이별이 달콤한 재회가 되는 것. 삶의 아이러니가 이런 것이리라.

*

인생이라는 무대에서 불가피하게 악역을 맡아야 할 때가 있다. 어쩌겠는가. 피할 수 없다면 잘해야 한다. 그런데 그 잘한다는 것이 참 어렵다. 자신 역시 상황 속에 던져진 사람에 불과하다는 점을 상대에게 납득시켜야 한다. 그리고 상대를 너무 몰아붙이지 말아야 한다. 주어진 역할과 관계상 어차피 상대에게 큰 상처를 줄 수밖에 없는 상황이다. 그렇다면 자신이 할 수 있는 범위 내에서 상대를 배려할 수 있는 작은 조치라도 취해야 한다.

'큰 힘에는 큰 책임이 따른다(With great power comes great responsibility).' 스파이더맨의 정체성을 상징하는 이 대사처럼, 권력이란 단순한 힘이 아닌 무게 있는 책임이다. 완장을 찬 듯 어깨에 힘을 주며 임시로 주어진 권력을 마구 휘두른다면 결국 사람도, 자리도 모두 잃고 만다. 책임이 있어 권력이 주어지고, 그 권력은 책임만큼만 허용된다. 권력이란 제한적이고 한시적인 것, 그래서 권한이다. 영원하지도 절대적이지도 않은 권력에 눈이 멀어 섣부른 힘을 행사하는 것은 어리석은 일이다. 상황은 언제든 변할 수 있다. 언제 어떻게 상황과 위치가 바뀔지 모를 일이다. 기억하자. 해야만 하는 일이라면 악역도 현명하게, 최선을 다해서 하자. 단, 그만큼의 책임이 따른다는 것을 명심하자.

왜 알면서도
독배를 마시는가

♣

봄바람에 날리는 벚꽃 잎새처럼 한순간의 이익에 흔들리는 것이 사람 마음이다. 창밖으로 벚꽃이 가득했던 어느 날, 봄바람 같은 목소리가 사무실 문을 열었다.

"다른 회사에서 사람을 스카우트하고 싶은데 법적으로 문제가 없는지 한번 봐주십시오."

W사의 백 사장이 긴히 할 말이 있다며 나를 찾아왔다. 경쟁사인 B사 개발팀장을 스카우트하고 싶은데 혹시 그 과정에서 문제가 될 만한 것이 있는지 살펴봐달라는 것이었다. 나는 고개를 갸우뚱했다. 경쟁사의 개발팀장을 빼내오는 것 자체가 정당한 일로 생각되지 않았고, 더욱이 그런 식으로 자리를 옮기려는 사람도 미덥지 않았기 때문이다. 하지만 백 사장은 상당히 간절했다. 그 사람이 꼭 필요하다는 것이다.

"다니던 회사가 싫어서 옮기겠다는데 그 사람의 선택을 존중해주어야 할 것 아닙니까? 무엇보다 우리 회사에 매력을 느껴서 오겠다는 사람입니다. 법적으로 문제가 없는지만 검토해주시면 됩니다."

나는 썩 내키지 않았지만 백 사장에게 꽤 중요한 문제인 것 같아 일을 수락했다. 더욱이 헌법에는 '직업선택의 자유'가 규정돼 있으므로 자신의 자유의지에 따라 직장을 옮길 수 있는 것 아니냐는 백 사장의 말이 꼭 틀린 것은 아니었다. 그 과정에서 예전 회사의 영업비밀을 유출하거나 다른 불법적인 일을 저지르지 않는다면야 법적으로 문제될 것은 없었다.

그렇게 해서 만나게 된 손 팀장의 첫인상은 유연하고 비즈니스 마인드를 갖춘 느낌이었다. 나는 손 팀장에게 이직하려는 이유를 물어보았다.

"백 사장님을 뵙고서 이분이야말로 제가 모실 주군이라는 생각이 들었습니다. 제 꿈과 비전을 모두 이해해주셨거든요. 지금 다니는 직장에서는 단순히 월급쟁이라는 느낌을 지울 수 없었는데 백 사장님은 저라는 인간 자체를 인정해주셨습니다. 왜, '남자는 자기를 알아준 사람을 위해 목숨을 바친다'는 말이 있잖습니까? 저는 백 사장님처럼 저를 인정해주는 주군을 만나고 싶었습니다."

그 이야기를 곁에서 듣고 있는 백 사장의 얼굴에는 흐뭇한 미소가 가득했다.

나는 손 팀장이 W사로 이직하는 과정에서 점검해야 할

내용들을 살펴봤다. W사와 B사는 업계에서 경쟁 관계에 있으므로 손 팀장의 이직은 다소 민감한 문제가 될 수 있었다. 검토해야 할 사항은 크게 두 가지였다. 첫째, B사에서 동종업체 취업금지 서약서를 작성했는지 여부와 둘째, B사의 영업비밀을 유출할 여지가 있는지 여부를 살펴봐야 한다. 손 팀장은 동종업체 취업금지 서약서와 관련해서 "그런 서약서를 쓰지 않았습니다. 원래 B사 내부 관리가 취약하거든요. 사장님도 기술자 출신이고 내부 직원들도 기술자들이 대부분입니다."라고 답하며 여유 있게 웃었다.

대개 기술을 다루는 회사에서는 직원들을 채용할 때 동종업체 취업금지 서약서를 받아두는 것이 일반적이다. 서약서를 작성하면 해당 직원이 회사에 사표를 내더라도 일정 기간, 통상 1년에서 1년 반 동안은 동일한 업종의 회사로 취업하지 못한다. 그런데 B사는 그런 조치를 마련해두지 않았던 것이다.

다음으로 손 팀장이 B사에서 다룬 업무 중에 B사의 영업비밀이라고 할 수 있는 부분이 있는지 물었다. 물론 손 팀장은 B사에서 중요한 개발업무를 담당했고, W사의 백 사장 역시 손 팀장의 그런 부분을 높이 평가해서 스카우트하려는 것이었다. 손 팀장은 B사에서 W사로 옮기면서

2천만 원가량 인상된 연봉을 제안 받았는데 이는 B사에서 근무하면서 이룬 연구실적들이 모두 반영된 결과였다.

*

 사실 '영업비밀'은 실무상 아주 까다로운 영역이다. 회사 입장에서야 자신들에게 중요한 것은 모두 영업비밀이라 주장하고 싶겠지만 법원에서는 이를 모두 인정해주지 않는다.

 영업비밀로 인정받으려면 우선 회사 내에서 기밀사항들을 제대로 관리해야 한다. '제대로 관리한다'의 의미는 영업비밀로 특정될 수 있도록 별도로 내용을 자료화해야 하고, 영업비밀을 관리하는 관리자가 따로 정해져 있어야 하며, 아무나 그 영업비밀에 접근할 수 없도록 관리체계가 갖추어져 있어야 한다는 의미이다. 그런데 대부분의 중소기업에서는 이런 기준을 마련하지 않고 있으며 심지어 영업비밀로 인정될 만한 내용도 누구나 볼 수 있게 방치하고 있다.

 손 팀장에게 확인해본 바로는 B사 역시 영업비밀에 대한 관리가 전혀 이뤄지지 않고 있었다. 결국 B사는 손 팀장의 이직을 법적으로 막을 만한 제도를 갖추지 못하고 있었던 것이다. 이런 내용을 자세히 설명하자 백 사장과 손 팀장은 매우 기뻐했다.

"하늘이 도운 셈이구먼. 손 팀장, 이제 우리 회사에서 마음껏 날아보세요."

B사로서야 속이 쓰리겠지만 누구를 탓하겠는가. 새롭게 W사에 둥지를 튼 손 팀장은 백 사장의 파격적인 지원 하에 그동안 자신이 구상하던 여러 개발 작업을 본격적으로 진행할 수 있었다. 백 사장 역시 천군만마를 얻은 기분이었을 것이다. 그런데 의뢰인이 원하는 결과를 얻었음에도 이상하게 내 입맛은 개운치 못했다.

그로부터 봄이 두 번 지나고, 백 사장이 다시 나를 찾아왔다. 그는 몹시 화가 나 있었다. 손 팀장이 2주 전에 사표를 냈는데 다시 B사에 복귀할 예정이라는 것이다.

"내가 그놈을 위해 투자한 돈이 얼만데 이렇게 내 뒤통수를 친단 말입니까? 이 녀석을 혼내주고 싶습니다. 방법이 없겠습니까? 돈은 얼마가 들어도 상관없습니다."

나는 백 사장에게 지난번 손 팀장이 B사에서 W사로 이직하던 과정을 다시 설명해주었다. 입장만 바뀌었을 뿐 쟁점은 동일했기 때문이다. 동종업체 취업금지 서약서나 영업비밀보호 법리에 따라 손 팀장을 공격할 수 있을 것이다. 그런데 놀랍게도 백 사장은 손 팀장에게서 동종업체 취업금지 서약서를 받아두지 않은 것이 아닌가. 백 사장은 머리를 긁적였다.

"믿고 데려오는 사람이었기에 서약서 같은 걸 쓰라고 하기가 뭐해서요……."

나는 한숨을 쉬고는 그렇다면 영업비밀 차원에서 손 팀장을 공격해보자고 했다. 그런데 백 사장은 이 부분에서도 아무런 조치를 취해놓지 않고 있었다. 손 팀장을 데려오는 일에만 고심하다보니 제대로 된 대비책을 마련하지 않은 것이었다. 예전에 B사가 손 팀장을 눈뜨고 뺏긴 것과 똑같은 상황이었다.

"손 팀장은 지난번 B사에서 이직을 하면서 자신이 어떻게 해야 법적인 책임을 지지 않는지를 배웠기에 이번에도 그대로 이 방법을 써먹었나 봅니다."

나는 답답했다. 하지만 백 사장이 어떻게든 분을 풀고 싶어 했기 때문에 소용없는 짓인 줄 알면서도 B사와 손 팀장을 상대로 내용증명을 발송했다. 그러자 곧 그에 반박하는 내용증명이 도착했다. 손 팀장은 W사에서 동종업체 취업금지 서약서를 쓰지 않았으며 W사 역시 영업비밀로 규정할 만한 것이 없었다는 점, 따라서 손 팀장은 헌법상 기본권인 직업선택의 자유에 따라 얼마든지 이직을 할 수 있다는 점, 앞으로는 더 이상 부당한 내용증명을 보내지 말라는 내용이 담겨 있었다.

*

'한 번 배신한 사람은 몇 번이라도 배신할 수 있다'는 말이 있다. 눈앞의 큰 이익은 종종 판단력을 흐리게 한다. 백 사장은 손 팀장을 영입하는 과정에서 자신에게 있을 이익에만 급급하다보니 손 팀장의 처신에 대해서는 깊게 생각하지 않는 잘못을 저지른 것이다.

이익에 따라 쉽게 신의를 저버리는 사람은 더 좋은 조건에 따라 언제든지 다시 배신할 수 있다. 공자 왈, '인이무신 부지기가야(人而無信, 不知其可也)', 즉 신뢰 없는 사람은 어떤 일도 이룰 수 없다고 했다.

신뢰가 없다면 배신도 없다. 하지만 이익에 눈이 멀어 잘못된 신뢰를 주고 배신당하는 것은 우리의 선택이다. 파우스트가 '나는 신이 아닐까'라는 교만으로 악마와 계약했듯, 우리도 자신만은 다르다는 오만으로 위험한 거래를 자초한다. '내가 이렇게까지 했는데 설마 나를 배신하겠어?'라는 생각은 마치 알면서도 마셔버린 독배와 같은 것이 아닐까.

우리는 저마다의 이야기에서 주인공이다. 그래서 타인의 불행은 남의 일일 뿐 내게도 같은 일이 일어날 수 있다고는 생각하지 않는다. 다른 사람을 배신하고 내게 온 사람은 나의 가치를 알아본 것이기 때문에 그가 나를 배신하는 미래는 애당초 머릿속에 없다. 타산지석(他山之石)이라 했던가. 남에게 일어난 일을 보며 자신을 되돌아보는 지혜가 필요하다. 오늘의 선택이 내일의 독배가 되지 않도록.

협상의 숨겨진 열쇠,
호감

♣

"이 친구는 정말 찔러도 피 한 방울 안 나올 겁니다. 거기다 우리가 을의 입장이니 어떻게 접근해야 할지 난감합니다."

평소 나에게 법적 자문을 구하곤 했던 중견 의류업체 N사의 남 사장이 찾아왔다. 그는 당시 미국에서 인기를 끌던 E브랜드를 한국에 들여오기 위해 브랜드 소유권을 보유한 미국 V사와 한 달째 접촉 중이었다.

E브랜드는 유명 할리우드 스타를 활용한 마케팅을 공격적으로 진행해 국내에서도 인지도가 점점 높아지던 상황이었다. 국내에서는 남 사장 회사 외에 세 개 경쟁사가 V사와 접촉 중이었다.

남 사장이 협상을 진행하는 파트너는 V사의 아시아 담당 케리 본부장이었다. 회계사 출신의 깐깐한 유대인 케리는 자신이 협상에서 '갑'의 위치라는 것을 잘 알고 있었기에 결코 협상 조건을 양보하지 않았다.

라이선스 계약에서 가장 쟁점이 되는 부분은 로열티 산정기준이었다. V사가 원하는 로열티는 전체 매출액의

10퍼센트였다. 일반적인 의류 제품 로열티 산정기준은 매출액이 아닌 순수익의 7~8퍼센트 수준인데 매출액의 10퍼센트를 로열티로 요구하는 V사의 주장은 남 사장으로서는 수용하기 어려운 조건이었다. 남 사장은 거듭해서 로열티 수준을 내려줄 것을 부탁했지만 케리 본부장은 자신의 입장을 굽히지 않았다.

"다음 주에 뉴욕에서 다시 비즈니스 미팅을 하는데 어떤 식으로 접근하면 좋을까요?"

참으로 난감한 문제였다. 고민을 거듭한 끝에 나는 이 문제를 풀기 위해서는 법적인 접근보다는 인간적인 접근을 시도해볼 필요가 있다고 생각했다.

"케리 본부장 취미가 무언지 아시나요? 아니면 혹시 가족관계라도?"

"그 친구들, 비즈니스 미팅 때 절대 개인적인 이야기는 하지 않습니다. 어설프게 접근했다가는 전문적이지 않은 것처럼 보일 수 있어 조심스럽기도 하고요."

"남 사장님, 이번 미팅 때는 수단과 방법을 가리지 말고 어떻게든 케리 본부장 사무실 안으로 쳐들어가야 합니다. 사무실 안을 둘러보면서 케리의 취미나 관심사가 무엇인지를 파악하세요."

남 사장은 난처한 표정을 지으며 말했다.

"그 까칠한 케리 사무실에 제가 들어갈 수 있을까요? 거의 불가능할 것 같은데……."

상대가 빈틈없고 치밀한 사람이니 그럴 만도 했다. 하지만 그도 사람이지 않은가? 나와 남 사장은 머리를 맞대고 고민하던 끝에 다소 엉뚱한 방법을 생각해냈다.

그 방법이란 다름 아닌 남 사장이 수맥탐지기와 장식용 고려청자를 가지고 케리 사무실을 방문하는 것이었다. 일단 들어가서는 케리에게 수맥이 무엇인지 설명한 다음, 수맥이 있으면 두통이 생기고 건강에도 좋지 않은데 한국에서는 전통적으로 수맥을 탐지하는 방법이 있으며 수맥이 흐르는 위에 고려청자를 놓으면 나쁜 기운을 억제할 수 있다고 둘러대자는 것이다.

남 사장은 과연 이 방법이 통할지 반신반의했으나 별 수가 없었다. 할 수 있는 모든 방법을 동원해서 협상을 유리하게 이끌어내야만 했으므로 일단 진행해보기로 했다.

*

뉴욕의 V사를 방문한 남 사장은 케리 본부장에게 회의

중 수맥탐지기와 고려청자를 보여주었다. 케리는 그것이 무언지 물어보았고 남 사장은 준비한 대로 수맥의 영향과 그 차단법에 대해 설명했다. 케리는 큰 관심을 보이면서 자연스럽게 자신의 사무실로 남 사장을 안내했다.

남 사장은 수맥탐지기를 이리저리 휘저으며 사무실 곳곳을 돌아다녔다. 수맥을 찾는 척하며 둘러보던 그때, 남 사장의 눈에 들어온 것은 사무실 한쪽 벽을 가득 채운 케리의 암벽등반 사진이었다. 여러 개의 메달들이 자랑스럽게 한쪽 벽면을 차지하고 있는 것으로 보아 케리는 상당한 수준의 암벽등반가인 것 같았다. 그러고 보니 악수할 때 잡은 케리의 손바닥은 아주 단단했다.

남 사장은 "다행히 수맥은 발견되지 않았습니다. 그래도 이 고려청자를 사무실에 두면 도움이 될 것입니다."라며 너스레를 떨고는 고려청자를 케리의 사무실에 두고 나왔다.

그러고는 곧바로 암벽등반에 대해 공부하기 시작했다. 시중에 있는 암벽등반에 관한 서적과 잡지를 모두 탐독하고 암벽등반을 가르쳐주는 교육기관에 등록해서 기초 코스를 배웠다. 그런데 성급히 배우려다보니 손바닥이 물집 투성이가 되었고 급기야 손에 상처를 입고 말았다.

한 달 뒤, 남 사장은 최종 협상을 위해 뉴욕 V사를 다시 방문했다. 케리 본부장은 악수를 청하는 남 사장의 손을 보고 깜짝 놀라며 자초지종을 물었다.

"원래 저도 암벽등반에 관심이 있었는데 이제는 나이가 들어 포기할까 했습니다. 그런데 최근 당신 사무실에서 암벽등반 사진을 보고는 포기하지 말고 다시 배워야겠다는 결심을 했죠. 뒤늦게 시작했기에 의욕이 앞서 너무 무리하다보니 이렇게 손바닥에 상처를 입었습니다."

이야기를 듣자마자 케리는 반색했다.

"암벽등반은 기초 훈련이 가장 중요한데 의욕만으로 덤볐다가는 큰일 납니다. 왜 나에게 물어보지 않았습니까?"

케리는 협상도 잊은 채 암벽등반에 관해 설명하기 시작했다. 밤을 새워가며 암벽등반의 세계에 빠져든 덕분에 전문가 못지않은 식견을 갖추게 된 남 사장은 케리와 오랫동안 대화를 나눌 수 있었고 두 사람은 이야기에 심취한 나머지 정작 계약 협상은 제대로 하지도 못했다.

그로부터 며칠 후 남 사장은 V사에서 보내온 라이선스 계약서 초안을 들고 나를 찾아와 그동안 있었던 일들을 설명해주었다. V사에서 보내온 계약서에는 그동안의 협상 과정에서 절대 타협할 수 없다던 로열티가 매출액의 10퍼센트가 아닌 매출액의 7퍼센트로 기재되어 있었다.

"지난번에 케리를 만나러 갔을 때 라이선스 협상 이야기는 꺼내지도 않았습니다. 아니, 이야기할 시간이 없었죠. 이 친구가 제 손바닥 부상 이야기를 듣더니 거의 광분하면서 암벽등반에 관해 설명을 하는 통에 말입니다. 그러고는 그 다음 주에 이렇게 예쁜 라이선스 계약서 초안을 보냈지 뭡니까?"

케리는 뿐만 아니라 암벽등반에 필요한 장비 리스트, 교육용 영상 등을 이메일로 보내줬고 자기가 즐겨 쓰던 안전장비까지 따로 챙겨주었다.

그 일이 계기가 되어 남 사장은 본격적으로 암벽등반을 시작했고, 지금은 암벽등반 마니아가 되어 있다. 케리 본부장과의 인연을 지속하며 V사와의 의류브랜드 라이선스 재계약에 성공했음은 물론이다.

*

첨예하게 이해가 대립하는 협상에서 양측은 이성적인 논리와 근거를 가지고 상대방을 설득하기 위해 노력한다. 하지만 때로는 이성보다 감성적인 부분이 더 큰 힘을 발휘

할 때가 있다. 어떤 이유로든 상대방에 대한 호감이 생기면 협상을 원활하게 만들어주는 결정적인 역할을 하기도 한다.

사람의 마음을 얻는 방법 중 가장 효과적인 것은 상대방의 관심사에 진심으로 다가가는 것이다. '이윤부정(伊尹負鼎)'이라는 고사가 있다. 이윤은 은나라 탕왕의 마음을 얻기 위해 스스로 요리사가 되어 솥을 메고 다녔다. 그의 뛰어난 요리 솜씨는 탕왕의 호감을 얻었고, 마침내 그는 은나라의 재상이 되었다. 수천 년이 지난 지금도 사람의 마음을 얻는 이치는 변함이 없다.

힘든 협상을 앞두고 있다면 협상 자체의 쟁점 못지않게 협상해야 할 상대방이 무엇을 좋아하고 무엇을 마음에 두고 있는지를 세심하게 살필 필요가 있다. 비즈니스는 결국 숫자가 아닌 사람과의 관계다. 치열한 비즈니스 현장에서도 논리나 이익의 계산보다 상대방의 마음을 움직이는 공통분모를 찾는 것이 더 효과적일 수 있다. 작은 호감으로 시작된 관계가 때로는 서로에 대한 깊은 신뢰로 발전하여 예상치 못한 결실을 맺는다. 이것이 바로 호감이 가진 특별한 힘이다.

당신도 모르는 사이
자백하게 하는 방법

금형공장을 운영하는 김동민 사장의 사정은 이랬다. 그는 원자재 대금을 갚기 위해 친구에게서 급히 6개월만 쓰겠다고 약속하고는 1억 원을 빌렸다. 하지만 김 사장이 기일 내에 빌린 돈을 갚지 못하자 친구는 그를 사기죄로 경찰에 고소했다.

김 사장에 대한 사기죄 수사를 담당한 정 수사관은 30대 초반의 나이였는데 아주 깐깐한 원칙주의자였다.

"김 사장님, 좋게 말할 때 인정하시죠. 친구에게서 돈을 빌릴 당시 이미 돈을 갚지 않겠다는 생각을 하고 있었던 게 아닙니까? 고의적인 거 맞죠?"

정 수사관은 시종일관 김 사장을 윽박질렀다. 처음부터 떼먹을 생각으로 돈을 빌린 게 아니냐는 식이었다. 김 사장은 억울한 마음에 거의 울먹이면서 대답했다.

"아닙니다, 수사관님. 처음부터 떼먹을 마음이었다니요? 절대 그렇지 않습니다. 처음에는 정말 6개월 뒤면 충분히 갚을 수 있겠다고 생각했습니다. 그런데 거래처들이 연쇄 부도가 나는 바람에 저도 어쩔 수가 없었습니다. 믿어주십시오."

"그런 입에 발린 소리를 믿으란 말입니까? 수사관이 바보로 보입니까?"

정 수사관은 계속 김 사장을 윽박질렀다. 김 사장은 정말 답답했다. 그때 옆에서 수사과정을 가만히 지켜보던 나이 지긋한 고참 수사관이 끼어들었다.

"정 수사관, 잠깐 나가서 담배 좀 피우고 와."

자신을 최 수사관이라고 소개한 그는 김 사장 앞에 앉더니 사람 좋은 웃음을 보이며 이렇게 말했다.

"김 사장님, 힘드시죠? 저희도 어차피 월급 받고 하는 일입니다. 기분 상하신 점이 있더라도 너그러이 이해해주시면 좋겠습니다. 커피 한 잔 드릴까요?"

최 수사관은 따뜻한 커피를 김 사장에게 권했다.

"사실 제가 수사과 경제팀에 근무하면서 정말 질 안 좋은 사기꾼들을 많이 봤습니다. 아주 파렴치한 놈들이지요. 하지만 김 사장님은 그런 사기꾼들과는 질적으로 다른 분입니다. 저는 척 보면 압니다. 오히려 돈을 갚지 않는다고 친구를 고소한 그 고소인이 더 이해가 안 갑니다. 친구 맞나요? 남보다 더 못한 사람입니다."

조금 전 정 수사관과는 전혀 다르게 자신을 이해한다는

듯한 최 수사관의 말에 김 사장은 고마운 마음이 가슴 밑바닥에서부터 올라왔다.

"제가 사건 기록을 살펴보니 김 사장님은 처음부터 고의적으로 돈을 떼먹으려 한 것은 아니라고 생각됩니다."

"네, 수사관님. 전 정말이지 처음부터 고의적으로 돈을 갚지 않겠다고 생각한 건 아닙니다. 믿어주세요."

그때 최 수사관은 김 사장에게 아주 미묘한 질문을 던졌다.

"그런데 말이죠. 김 사장님이 친구에게서 돈을 빌릴 당시 이미 은행권 빚이 1억 원 정도 있었고 매출도 급격히 떨어지는 상황이었네요. 그렇다면 김 사장님은 친구에게서 돈을 빌리면서 '혹시 내가 6개월 뒤에 이 돈을 못 갚으면 어쩌나' 하는 걱정이 들지는 않으셨나요? 어떠세요?"

김 사장은 최 수사관의 질문에 대해 곰곰이 생각을 해보았다. 그러고 보니 김 사장이 돈을 빌릴 당시 경제적으로 압박을 받고 있었고 자신이 약속한 대로 6개월 뒤에 정확히 그 돈을 갚을 수 있을지 100퍼센트 확신하기는 어려웠던 것 같았다. 그리고 무엇보다 자신에게 너무나 친절히 대해주는 최 수사관이 부드러운 표정으로 질문하니 왠지 "네."라고 답해도 될 것 같았다. 또 그렇게 하는 것이 최 수사관에 대한 예의라는 생각도 들었다. 그래서 김 사장은 순순히 고개를 끄덕였다. 그러자 최 수사관은 김 사장의 어깨를 두드리며 이렇게 재확인했다.

"그렇죠? 친구에게 돈을 빌리면서 나중에 돈을 갚지 못할 수도 있을 텐데 하고 걱정이 되셨지요? 더구나 김 사장님처럼 양심적인 분이라면 더 그러셨을 것 같은데요."

김 사장은 다시 "네."라고 답변했다. 그러자 최 수사관은 이 질문과 답변 내용을 피의자신문조서에 이렇게 기재했다.

문: 피의자는 피해자로부터 1억 원을 차용할 당시 변제기일인 6개월 뒤에 이 금원을 변제하지 못할 가능성을 인식하였나요?

답: 네, 그렇습니다.

검찰에 의해 사기죄로 기소된 김 사장은 나를 변호인으로 선임했고 사건의 전후사정을 들은 나는 씁쓸한 한숨을 내뱉을 수밖에 없었다.

'휴우……. 또 미필적 고의 사건이군.'

★

 한 해에 각급 수사기관에 접수되는 형사고소는 몇 건쯤 될까? 통계에 따르면 한해 평균 50만 건에 가까운 형사고소장이 수사기관에 접수되고 있다. 그리고 형사고소 중 80퍼센트를 차지하는 것이 사기죄 고소다. 그중에서도 '저 사람이 돈을 빌려서 안 갚고 있어요. 그래서 사기죄로 고소합니다'라는 내용의 차용금 사기가 가장 많은 비중을 차지한다.

 돈을 빌린 다음에 이를 갚지 않았다고 해서 그 자체로 사기죄가 성립되지는 않는다. 이는 민사상 채무를 지고 있을 뿐이다. 이런 경우에는 채권자가 채무자를 상대로 민사소송을 제기해서 법원의 승소 판결을 받아야 자신의 돈을 강제로 받을 수 있다. 하지만 민사절차를 진행할 경우 시간과 비용이 많이 소요된다는 점을 잘 아는 채권자들은 어떻게든 이 문제를 사기죄로 엮어서 형사고소를 하려고 한다.

 채무 불이행을 굳이 사기죄로 엮으려면 채무자가 채권자를 '속였다는 것'이 전제되어야 한다. 즉, 채무자는 처음 돈을 빌릴 당시에 자신이 나중에 이를 갚을 의사나 능력이 없었지만 마치 돈을 갚을 것처럼 채권자를 속였다는 점이 입증되어야 하는 것이다. 하지만 어느 채무자가 "그래요, 전 사실 처음부터 돈을 갚을 마음이 없었습니다."라고 순순히 자백하겠는가.

채무자들은 하나같이 "저는 처음엔 분명 돈을 갚으려고 했습니다. 갚을 능력도 됐고요. 그런데 시간이 지나면서 어쩔 수 없는 상황 때문에 돈을 갚지 못하게 된 것뿐입니다."라고 항변할 것이다. 채무자의 말이 사실이라면 이는 사후적인 사유 때문에 돈을 갚지 못했을 뿐 사전에 고의적으로 상대방을 속인 것은 아니므로 사기죄로 인정될 수 없다.

결국 모든 채무자가 이런 방식으로 항변하면 아무도 사기죄로 처벌받지 않을 것이다. 하지만 채무자들이 사기죄로 처벌받을 가능성을 높이는 법적인 도구가 하나 있는데, 그것이 바로 '미필적 고의(未必的 故意)'다.

사기죄는 대표적인 고의범이다. 형법에서 범죄는 크게 고의범과 과실범으로 나뉘는데, 고의범은 자신의 행위로 인한 결과를 의도한 경우고, 과실범은 부주의로 인해 의도치 않은 결과를 발생시킨 경우를 말한다. 법은 원칙적으로 고의범만 처벌하며, 과실범은 법률에 특별한 규정이 있는 경우에만 처벌한다.

이러한 고의에는 두 가지 형태가 있다. 범죄의 결과를 직접 의도한 확정적 고의와, 그 결과 발생을 직접 의도하지는 않았으나 발생 가능성을 인식하면서도 행위를 한 미필적 고의다. 법은 이 두 가지를 모두 고의로 인정한다.

미필적 고의는 '자기의 행위로 인한 어떤 범죄결과의 발생 가능성을 예견했음에도 불구하고 그 결과의 발생을 방관한 심리상태'라고 설명할 수 있다. 쉽게 말해서 계획한 것은 아니지만 어떤 부정적인 결과가 발생할 수 있다는 것을 알면서도 "에라, 모르겠다."라고 마음먹은 상태를 미필적 고의라고 본다는 것이다.

바로 이런 맥락에서 최 수사관이 김 사장에게 던진 "돈을 빌리면서 나중에 돈을 갚지 못할 수도 있을 텐데 하고 걱정이 좀 되셨지요?"라는 질문은 법적으로는 "돈을 빌릴 당시 나중에 변제하지 못할 가능성을 인식하면서도 어떻게든 될 거라는 심정으로 나중에 돈을 갚겠다고 에둘러 말한 거지요? 결국 돈을 갚지 못할 것에 대한 미필적 고의를 갖고서 돈을 빌린 거지요?"라는 식이 되는 것이다.

김 사장은 나에게 억울함을 토로하며 피의자신문조서의

내용을 무효로 할 수 있는 방법을 물었지만, 일단 정상적으로 작성되고 본인이 읽어본 후 도장을 찍은 피의자신문조서의 효력을 추후 법정에서 부인하는 것은 거의 불가능했다. 친절에 보답하고 싶은 마음이 자백서가 된 것이다.

*

사람들은 "처음부터 고의적으로 나쁜 마음을 먹고 이런 행동을 했지요?"라는 질문에 대해서는 본능적으로 방어를 한다. 하지만 "사실 나쁜 마음을 먹은 것은 아니지만 혹시 잘못되면 어쩌나 하는 고민은 하셨죠?"라는 질문에 대해서는 '내가 그랬던가?'라는 생각과 함께 쉽게 수긍을 하는 경우가 많다. 하지만 그 질문에 긍정적인 답변을 하는 순간 스스로 미필적 고의에 의한 사기죄를 자백하는 셈이다.

미래의 불확실성에 대해 상대방을 걱정하는 마음이 드는 건 당연하고, 우리는 그것이 '선의'라고 여긴다. 하지만 법률적으로 '선의'란 부정적 결과를 전혀 예견하지 못한 상태를 의미한다. 법은 그 걱정을 부정적 결과에 대한 '인식'으로 해석하고, 그것이 아무리 착한 마음에서 비롯된 것이라도 그러한 인식에도 불구하고 행위를 했다면 '고의'로 판단한다.

과연 이런 법적 지식을 제대로 알고서 수사에 대응하는 사람이 얼마나 될까? 특히 수사관들이 사전에 의도적으로 한 사람은 나쁜 경찰 역할, 다른 한 사람은 좋은 경찰 역할을 맡아 수사 받는 사람을 냉탕과 온탕에 번갈아 집어넣으면 웬만한 사람들은 좋은 경찰이 원하는 대로 답변을 하게 된다. 왠지 그 경찰은 자기 편일 것이라는 착각을 하면서 말이다. 하지만 그런 착각으로 인한 대가는 너무도 크다.

사람들은 누구나 자신을 이해해주는 사람 앞에서 진심을 보이고 싶어 한다. 그 상대방이 자신을 좋은 사람으로 인정하면 범죄의 고의도 없다고 판단해줄 것이라 기대한다. 하지만 법은 사람이 아니라 행위를 판단한다. 오늘도 수사기관에서는 미필적 고의라는 법적 도구를 교묘히 사용하고 있고, 피의자들은 자신에게 호의를 베푸는 경찰관에게 설득당해 되돌릴 수 없는 불리한 진술을 하고 있다. 확정적 고의는 피하고 미필적 고의는 인정하는 이 역설적인 상황, 친절함은 때로 가장 잔인한 무기가 된다.

하나의 사실,
두 개의 진실

동업을 성공적으로 이끌어가기란 결코 쉽지 않은 것 같다. 처음에는 서로의 부족한 부분을 채워줄 수 있다는 기대와 설렘, 그리고 서로에 대한 존중과 믿음으로 시작한 동업이지만, 시간이 흐르면서 많은 것이 변한다. 법조인으로서 내가 경험한 수많은 동업 관련 분쟁 중에서 특별히 기억에 남는 두 개의 이야기를 소개한다.

첫 번째 이야기

김 사장은 대학에서 알게 된 P와 창업을 했다. P는 무선통신 관련 특허를 다수 보유하고 있었고, 대학 연구소에서 여러 개의 정부 과제도 성공적으로 수행한 경력이 있는 뛰어난 기술자였다. 김 사장의 경영 노하우와 P의 기술이 결합한다면 이상적인 회사의 모습이 될 수 있을 것 같았다. 두 사람은 공동 대표이사가 되어 전반적인 회사 운영은 김 사장이 맡고 기술 연구개발 분야는 P가 맡아서 진행하기로 했다.

그런데 막상 공동경영을 해보니 생각지도 않았던 문제

들이 불거졌다. 가장 큰 문제는 P의 기술 역량에 관한 것이었다. 처음 창업할 당시 호언장담했던 것과 달리 P가 보유한 기술을 가지고는 제품을 실용화하기가 거의 불가능하다는 사실이 뒤늦게 밝혀진 것이다. P의 기술을 믿고 여러 투자처로부터 자금을 끌어온 김 사장으로서는 눈앞이 캄캄해질 노릇이었다. 솔직히 말하면 사기를 당한 기분이었다.

그때부터 김 사장의 악전고투는 시작되었다. 이제 P를 신뢰할 수 없었기에 그를 대신할 외부 인력을 스카우트해 실현 가능한 기술을 개발하라는 특명을 내렸다. 당시 김 사장은 P의 뜬구름 잡는 설명에 지칠 대로 지쳐 있었다. 회사는 대학 연구소가 아니다. 당장 상용화할 수 없는 이론적인 기술은 아무 쓸모가 없다. 하지만 P는 경영적인 부분에 대한 깊은 고려 없이 계속 연구비를 올려달라는 주장을 하고 이것이 제대로 받아들여지지 않으면 더는 연구를 할 수 없다며 김 사장을 압박했다.

P의 무능으로 생긴 회사의 손실을 메우기 위해 김 사장은 일주일 중 6일은 술을 마셨다. 병원에서 더 이상 술을 마시면 위험하다는 경고까지 받았지만 어쩔 도리가 없었다. 부족한 회사의 기술력을 메우기 위해서는 몸이 망가지

더라도 접대를 통해 영업해야 하는 것이 불가피한 현실이었다. 그나마 술자리를 통해 관계가 끈끈해진 몇몇 대기업 임원들의 배려로 회사 매출을 근근이 이어가는 실정이었다.

P에 대한 직원들의 불만도 나날이 커져갔다. 누가 보더라도 P는 제대로 일을 하지 않는 사람인데도 불구하고 대표이사 직함을 그대로 갖고 있으면서 본인 능력 밖의 경영에까지 간섭하는 통에 직원들이 혼란을 겪게 된 것이다. 직원들은 김 사장에게 P와의 관계를 정리하는 것이 어떻겠느냐는 조언을 해왔다. 그럼에도 김 사장은 P와 회사를 처음 시작했던 때의 마음을 되새기며 마지막까지 의리를 지키려 했고 직원들을 애써 다독였다.

그러나 이런 김 사장의 믿음을 비웃기라도 하듯이 최근 P는 엄청난 배임 행위를 저질렀다. 회사 창업 후 실적이 거의 없던 P는 최근에야 실용 가능한 기술을 개발해냈는데, 이 기술에 대한 특허를 회사 이름이 아닌 본인 이름으로 출원한 것이다. 실로 충격적인 일이었다. 그동안 회사 매출을 일군 주역은 바로 김 사장인데, 드디어 돈이 될 만한 기술이 개발되자 P가 이를 가로챈 것이었다.

김 사장은 더 이상 P를 믿을 수 없었고 나아가 그를 보호할 필요가 없다는 확신이 들었다. 김 사장은 P를 배임죄로 형사고소하고 동시에 P에 대한 손해배상청구소송을 제기하는 한편 P의 이름으로 등록된 기술의 출원인 명의를 회사로 바꾸는 소송도 준비 중이다. P의 파렴치한 행위에 대해 회사 직원들은 한목소리로 P를 비난하는 한편 김 사장이 너무 사람이 좋다보니 이런 일에 휩싸인 것이라 동정하는 상황이다.

두 번째 이야기

백 박사는 대학 재학시절에 이미 유수 대기업으로부터 스카우트 제의를 받은 우수한 기술자였다. 어렵게 박사과정을 마친 백 박사는 넉넉하지 않은 가정 형편에 병든 노모를 모시고 있었기에 상당히 좋은 조건을 제시한 S전자에 되도록 빨리 입사하겠다고 마음을 굳혔다.

그런데 대학 동기인 K가 몇 번이고 찾아와 같이 창업할 것을 권유했다. 백 박사는 이 제안을 정중히 거절했다. 평소 자신은 경영자보다는 연구자로서의 삶이 더 적성에 맞는다고 생각하고 있었고, 무엇보다 당장 목돈이 필요했기 때문이다.

하지만 K는 무척이나 집요했다. 더군다나 K는 백 박사가 보유한 특허기술들을 마치 K가 활용할 수 있는 것처럼 투자자들에게 소개해서 이미 10억 원 상당의 투자유치를 약속받은 상황이었다.

"내가 미리 자네에게 말하지 못한 것은 미안하네. 하지만 자네의 뛰어난 실적을 누군가는 선전하고 이를 상품으로 만들어야 하네. 그건 내가 잘할 수 있네. 우리 같이 한번 멋지게 해보세."

K의 간절한 애원에 백 박사는 그의 제안을 받아들이기로 어렵게 결심했다. 대강의 집안사정을 알고 있던 K는 당장 백 박사에게 1억 원 정도의 현금을 융통해주기로 약속했다. 그 정도 돈이라면 그동안의 빚을 어느 정도 정리하고 어머니의 수술비까지 낼 수 있었다. 하지만 백 박사가 더 중요하게 생각한 것은 K가 자신의 연구를 온전히 끝낼 수 있도록 전폭적인 지원을 약속했다는 점이었다. K는 새롭게 창업하는 회사의 핵심역량은 기술에 달려 있으므로 백 박사의 연구개발을 지원하는 부분에 대해서는 전혀 걱정하지 말라고 장담했다.

백 박사는 K와 함께 창업을 하고 공동 대표이사가 되었다. 백 박사는 K에게 자신은 경영에는 관심 없으니 연구에만 몰두할 것이고 회사 경영은 K가 총괄하라는 뜻을 분명하게 밝혔다.

그런데 막상 회사를 운영하다보니 예상치 못한 문제들이 발생했다. 첫째, K는 마치 자신의 힘으로 모든 투자를 이끌어냈으며 투자금 중 1억 원을 뚜렷한 이유 없이 백 박사가 가져갔다는 식의 소문을 회사 내에 퍼뜨렸다. 투자자에게서 10억 원의 투자를 받을 수 있었던 것은 분명 백 박사가 보유한 기술 덕분이었다. 그런데도 회사 내부에서는 터무니없는 소문이 무성해진 것이다. 백 박사에게는 K의 이런 행위가 자신에 대한 견제로밖에 보이지 않았다.

둘째, K는 공공연히 직원들 앞에서 백 박사의 기술은 상용가치가 없다고 비난을 했다. 백 박사로서는 황당한 일이었다. 분명 회사를 창업할 당시 자신의 기술은 기초원리에 관한 것이므로 이를 상용화하기 위해서는 최소한 1년 정도의 연구기간이 필요하다는 것을 충분히 설명했으며 K도 이에 동의했다. 그런데 회사 설립 이후 불과 석 달이 지난 시점부터 가시적인 연구결과가 나오지 않는다면서 직원들 앞에서 공개적으로 백 박사를 망신 주는 일이 잦아졌다. 백 박사로서는 이미 투자자들에게 투자를 받았으니 이젠 자기 마음대로 회사를 경영하고 싶어 하는 K의 속마음이 이런 식으로 표출된 것이 아닌가 하는 의심이 들었다.

셋째, K의 도덕적 해이가 심각했다. K는 일주일에 절반 이상을 유흥업소에서 보냈다. 회사 경리팀에서도 혀를 내두를 정도로 접대비를 썼다. 겉으로야 회사 영업을 위해 어쩔 수 없는 일이라고 했지만, 회삿돈의 상당 금액이 업무와 전혀 상관없이 사적인 용도로 사용된다는 소문이 돌았다. 심지어 이를 뒷받침하는 정황증거가 발견되기도 했다. 몇몇 직원들이 백 박사를 찾아와서는 "회사가 이런 식으로 가다가는 망한다. 어떻게든 비상대책을 마련해야 한다."는 의견을 내놓기까지 했다.

넷째, 가장 심각한 것은 K가 회사 지분을 벤처캐피털에 넘기기 위해 비밀리에 작업 중이라는 사실이다. 백 박사는 K가 실체도 없는 가공매출을 만들어 회사 외형을 보기 좋게 만든 다음 제3자에게 인수시키기 위해 작업 중이라는 정보를 입수했다. 비록 회사 경영을 K에게 일임하기로 했지만 K가 이토록 제멋대로 경영할 줄은 예상하지 못했다. 이미 백 박사가 보유하고 있던 기술의 소유권을 회사로 이전시켜놓았는데 자칫하면 회사 경영권이 제3자에게 넘어갈 위험에 처한 것이다.

백 박사는 최근 드디어 그동안의 연구결과를 상용화할 수 있는 기술을 개발해냈다. 그런데 이런 상황에서 기술을 회사 명의로 출원하는 것은 너무 위험했다. 같이 기술을 개발한 연구원들 역시 K가 회사를 넘기려고 하는 판국에 유용한 기술을 회사 이름으로 특허 출원하는 것은 자살행위라고 조언했다. 일단 백 박사 개인 명의로 특허출원을 낸 다음 상황을 지켜보고 출원인 명의를 최종적으로 결정하는 것이 회사 직원들을 위해 최선의 선택이 될 것이라는 데 연구원들의 중지가 모아졌다.

백 박사는 자신뿐만 아니라 자신을 믿고 따르는 직원들을 위해서 새롭게 개발한 기술의 특허출원을 백 박사 개인 명의로 진행했다. 그러나 이를 뒤늦게 알게 된 K는 배임행위를 저질렀다며 백 박사를 형사고소하고 손해배상청구소송을 제기했다.

*

1950년에 만들어진 구로사와 아키라 감독의 〈라쇼몽〉이라는 영화에는 전란이 난무하던 일본 헤이안 시대 어느 마을의 숲속에서 일어난 살인사건을 두고, 관련 당사자들이 자신이 경험한 사실을 관청에서 진술하는 장면이 나온다.

그런데 사건을 설명하는 사람들의 말이 제각각 모두 다르다. 분명 진실은 하나일진대 사람들이 저마다 자신의 관점에서 진술을 하기에 무엇이 진실인지 알 수가 없다. 물론 이처럼 진술이 엇갈리는 이유는 그 안에 각자의 입장과 이해관계가 담겨 있기 때문이다. 이 사건에서도 역시 이와 같은 이해관계의 대립을 볼 수 있다.

이미 눈치 챘겠지만, 첫 번째 이야기와 두 번째 이야기는 현재 진행 중인 하나의 동일한 사건에서 원고와 피고가 주장하고 있는 서로 다른 진실이다. 첫 번째 이야기의 P가 두 번째 이야기의 백 박사이고, 두 번째 이야기의 K가 첫 번째 이야기의 김 사장이다.

변호사 생활을 시작할 때 선배들이 주의를 주던 가르침이 있다.

"절대 우리 측 의뢰인의 말만 듣고 사건의 전체 내용을 알게 됐다고 속단해서는 안 되네. 의뢰인들은 전체 사건 속에서 자신의 입장이 담긴 부분만 설명할 뿐이야. 상대의 이야기까지 모두 들은 뒤 냉정하게 취사선택해야만 제대로 된 진실을 알 수 있어."

선배들의 조언처럼 실제 상담을 해보면 생각보다 많은 의뢰인들이 객관적인 진실을 이야기하지 않는다는 것을 경험하게 된다. 그 이유는 대체로 다음의 두 가지다.

첫 번째는 고의적으로 진실을 숨기기 위해서다. 사건을 의뢰하는 입장에서 '자신에게 불리한 사항을 변호사에게 이야기하면 변호사가 편견을 갖고 사건을 보지 않을까?' 하는 걱정 때문에 의뢰인들은 자신에게 유리한 내용만을 설명한다.

두 번째는 순간적인 착각 또는 자기 합리화가 계속되면서 객관적인 진실을 스스로 왜곡해서 받아들인 다음 그것이 진실인 양 오해를 하는 경우다. 이런 경우는 의뢰인도 스스로가 진실을 왜곡했음을 알지 못한다.

*

판사들은 종종 이런 하소연을 한다.

"원고, 피고 여러분이 누구보다 진실을 가장 잘 알고 계실 텐데 왜 굳이 법원에 와서 진실을 밝혀달라고 하는 건가요?"

소송은 두 당사자가 자신의 입장에서 이해관계에 따라 이야기하는 재구성된 사실과 이를 지지하는 각 변호사들의 주장, 그리고 양쪽 주장 중에서 어느 쪽을 더 신뢰할 것인지 고민하는 판사가 만들어내는 지극히 불완전한 결과물이다.

법정에서 실체적인 진실이 가려질 것이라는 일반적인 기대와 법정의 현실 사이에는 이렇듯 큰 간극이 있다. 법원의 역할은 완벽한 진실을 규명하는 것이 아니라, 법과 증거에 근거한 공정한 판단을 내리는 것에 있다. 판사의 판결은 승자와 패자를 가르지만, 그것이 온전한 진실의 발견을 의미하지는 않는다.

"진실은 좀처럼 순수하지 않으며, 결코 단순하지 않다." 오스카 와일드가 시대를 풍자한 희곡에서 진실의 아이러니를 말한 것처럼 진실은 절대적이지 않고, 개인의 입장과 상황에 따라 다르게 해석될 수 있다. 그래서 때로는 불편하다. 우리는 모두 자신만의 진실 속에서 살아간다. 하지만 타인의 진실도 나의 진실만큼이나 절실하고 중요하다. 결국 완벽한 진실이란 없을지 모르나, 서로의 진실을 인정하고 이해하려 노력할 때 우리는 조금 더 진실에 가까워질 수 있지 않을까?

누구나 저마다의
사정이란 것이 있다

❧

"그냥 겁만 줬는데 200만 원을 주더라고. 너무 쉬워서 놀랐어."

대리운전 아르바이트를 하는 동수 씨가 같은 일을 하는 동료 철구 씨에게 들은 이야기는 이랬다. 철구 씨가 대리운전 콜을 받고서 술 취한 손님의 차를 몰았는데, 손님이 아파트 입구 길가에 차를 세우라고 하더니 그때부터 자기가 몰고 가겠다고 했다는 것이다. 그런데 약속했던 대리비를 다 못 주겠으니 깎자고 요구하며 철구 씨와 실랑이를 벌였다.

약속한 돈을 다 받지 못한 철구 씨는 분한 마음에 손님이 차에 올라 운전하는 모습을 몰래 휴대전화로 촬영했고, 다음 날 손님에게 전화를 했다. 연락처는 전날 대리 콜 신청을 받으면서 확보한 터였다. 철구 씨는 손님에게 "당신이 어제 음주운전한 영상을 갖고 있다."라며 영상을 보냈고, 영상자료를 경찰에 제출하겠다고 하자 겁을 먹은 손님이 200만 원을 주었다는 것이다.

"그 사람 대기업에 다닌대. 차를 갖고 움직여야 하는 일이 많은데 음주운전으로 형사처벌을 받거나 면허 정지를 받으면 회사에서 큰 문제가 될 거라면서 완전 쫄더라고. 사실 그 정도로 겁을 줄 생각은 아니었는데 말이야."

며칠 뒤 동수 씨는 자정 무렵 콜 전화 안내를 받고 구로동에 가서 술에 취한 손님에게서 차를 넘겨받은 다음, 상계동까지 운전해서 갔다. 상계동 어느 골목으로 들어가자 뒷자리 손님이 동수 씨에게 말했다.

"여기서 세워주세요. 골목으로 한참 들어가야 아파트가 나오는데 나중에 기사님 내려오려면 힘들 테니 내가 몰고 갈게요."

동수 씨는 술을 드셨는데 괜찮겠느냐고 물었지만 손님은 괜찮다며 운전대를 잡았다. 순간 동수 씨는 며칠 전 철구 씨가 해준 얘기가 퍼뜩 떠올라 몰래 휴대전화로 그 장면을 촬영했다. 그때는 딱히 어떻게 해야겠다는 계획이 없었지만 술에 취한 채 운전대를 잡는 손님을 보자 철구 씨의 말이 떠올라 엉겁결에 촬영을 했다.

다음 날 동수 씨는 촬영한 동영상을 돌려보며 고민하다가 어제 손님 전화번호로 조심스럽게 동영상을 첨부한 문자를 보냈다.

"어제 음주운전하는 모습 찍은 겁니다."

외근 중이던 차진성 씨는 동수 씨가 보낸 문자를 한참 동안 쳐다보더니 허탈하게 웃었다.

"어라, 이놈 봐라."

*

진성 씨는 평소 알고 지내던 선배 변호사에게 전화를 걸어 이렇게 문자를 보낸 일 자체가 문제가 되는 게 아닌지를 물었다. 변호사는 문자를 발송한 자체를 협박으로 볼 수 있다고 했다. 그리고 만약 상대방이 돈을 요구하면서 돈을 주지 않으면 경찰에 신고하겠다고 나올 경우, 정확히 형법상 '공갈죄'에 해당한다고 대답했다.

군 장교 출신이라는 자부심이 강하고 화통한 성격에 불의를 보면 참지 못하는 진성 씨는 동수 씨에게 전화를 걸어 만나자고 했다. 그리고 겁을 먹은 체하며 말했다.

"제가 어떻게 해드리면 될까요? 겁이 나서 일이 손에 안 잡힙니다. 원하시는 것이 있으면 말씀해보세요."

동수 씨는 머뭇거리다 말했다.

"좀 기분 나쁘시더라도 그냥 넘기는 편이 좋을 테니 100만 원, 아니 200만 원 정도 차비조로 주시면 없던 일로 해드리겠습니다."

"아, 200만 원이요? 알겠습니다. 며칠만 말미를 주세요. 제가 연락드리겠습니다."

진성 씨는 대화 내용을 몰래 녹음하고 있었다. 음주운전을 빌미로 신고할 것처럼 얘기하면서 돈을 요구했으니 변호사 설명대로 공갈죄가 성립된다. 진성 씨는 선배 변호사를 찾아갔다.

"선배, 이런 놈은 진짜 혼 좀 나야 해요. 녹음도 했으니 공갈죄로 고소할 수 있죠?"

"그러다가 너도 음주운전이 문제가 되면 서로 피곤해질 텐데? 일을 너무 크게 만드는 거 아냐?"

"경찰 친구에게 물어봤는데 녀석이 보내준 영상만으로는 음주운전이 인정되기 어렵대요. 만약 음주운전이 인정된다 해도 제가 뭐 공무원도 아닌데요. 전국을 돌아다니는 자영업자니 벌금 좀 나와도 괜찮아요."

"전국을 차로 돌아다니면서 접대도 많이 하는데, 기사라도 한 명 쓰지 그래?"

"제 형편에 무슨 기사입니까? 하기야 대리운전비가 만만치 않게 들긴 합니다. 그건 그렇고요, 고소장 작성 좀 해 주세요. 시답잖은 일 부탁드려 죄송합니다, 선배님."

동수 씨는 진성 씨와 만난 후 불안하기도 했지만, 한편으로는 목돈이 생길 듯해 살짝 흥분되기도 했다. 동수 씨는 어머니, 여동생과 함께 살고 있다. 청소 일을 하던 어머니가 최근 빙판에 넘어져 다리가 골절되었다. 유치원 교사로 일하는 여동생 월급과 동수 씨 대리운전비가 수입의 전부인데 이걸로는 어머니 수술비, 치료비, 약값 등을 대기가 만만치 않았다.

동수 씨가 오후 늦게 어머니와 함께 병원 통원치료를 다녀오자 유치원에서 돌아온 동생 수연 씨가 그를 집 밖으로 불러냈다.

"오빠, 이게 뭐야?"

수연 씨는 그의 휴대전화를 내밀었다. 아까 휴대전화를 집에 두고 병원을 다녀온 모양이다.

"전화기가 하도 울어대서 내가 대신 받았는데, 그러다가 오빠가 다른 사람에게 보낸 문자랑 영상을 봤어. 왜 그랬어? 응?"

동수 씨는 당황해서 아무 말을 할 수가 없었다. 동생 눈에 눈물이 고였다.

"오빠, 우리 없이 살아도 이러지는 말자. 요새 힘든 거 아는데 그래도 이건 아니다."

동수 씨는 고개를 떨구었다. 부끄러움에 동생의 얼굴을 볼 면목이 없었다.

*

진성 씨는 고소장이 다 작성됐다는 선배 변호사의 연락을 받았다. 고소장을 접수하고 나서 동수 씨에게 전화를 해서 한바탕 욕을 해줄 작정이었다. 그때 문자가 왔다. 동수 씨였다.

"사장님, 죄송합니다. 제가 잘못했습니다. 영상은 지우고 없던 일로 할 테니 사장님도 그냥 잊어주세요. 제가 미쳤었나봐요. 죄송합니다. 정말 죄송합니다."

어, 죄송하다고? 아직 공갈죄를 문제 삼기도 전인데 왜 이러지? 진성 씨는 예상치 못한 상황 전개에 어리둥절해서 동수 씨에게 전화를 걸어 갑자기 무슨 말이냐고 물었다.

"실은 어머니 병원비 때문에 고민하다가……. 제가 뭐에 씌었나 봅니다. 사장님, 제가 큰 잘못을 저질렀습니다. 부끄럽습니다."

울먹이는 동수 씨의 설명에 진성 씨도 당황했다.

"나도 사실은 말이야. 당신을 공갈죄로 고소하려고 했는데 피차 깨끗이 정리하고 갑시다. 만나서 합의서나 하나 씁시다."

동수 씨는 그렇게 하자고 했다. 이런 과정을 거쳐 진성 씨는 동수 씨를 데리고 내 앞에 나타났다. 동수 씨는 풀죽은 목소리로 지금까지 있었던 일을 나와 진성 씨 앞에서 설명했다. 나는 이렇게 교통정리를 해주었다.

"얘기 들으셨겠지만 진성 씨는 동수 씨를 상대로 공갈죄로 고소를 하려고 했습니다. 녹음한 증거도 있고요. 하지만 동수 씨가 이렇게 사과하니 진성 씨도 없던 일로 하려고 합니다. 동수 씨도 더 이상 진성 씨를 상대로 음주운전으로 시비 걸지 않기로 하고요. 이러한 내용으로 제가 합의서를 쓰겠습니다. 괜찮죠?"

동수 씨는 고개를 끄덕였다. 나는 노트북으로 합의서 문안을 만들었다. 진성 씨는 동수 씨를 한참 동안 물끄러미 쳐다보더니 말을 건넸다.

"동수 씨, 아니 동수 군이라고 해도 되겠지? 내 조카뻘이니까. 지금 대리운전만 하고 있는 거야? 월수입이 얼마쯤 되나?"

"새벽까지 콜 열심히 받아서 운전해도 회사에 내는 수수

료랑 교통비, 통신비 빼면 60~70만 원 정도 남습니다."

나는 합의서 문안을 완성한 다음 출력해 두 사람 앞에 내놓았다. 진성 씨는 합의서는 거들떠보지도 않고 동수 씨에게 다시 말을 건넸다.

"동수 군, 운전은 잘하나?"

"예, 군대에서도 운전을 했습니다."

"그래? 어디에서 근무했는데?"

"9사단 수송대였습니다."

"백마부대잖아? 몇 년도에 거기 있었어?"

군대 얘기만 나오면 눈에 힘이 들어가는 진성 씨는 역시나 동수 씨의 어깨에 손을 얹으며 눈에 띄게 살갑게 굴었다. 그날부로 동수 씨, 아니 동수 군은 전국을 돌아다니는 판매왕 진성 씨의 전속 운전기사로 채용되었다. 내가 작성한 고소장과 합의서는 무용지물이 되었지만, 다시없을 흐뭇한 마무리였다. 나는 멋진 사나이 진성 씨의 사업이 대박나기를 진심으로 빌어주었다.

*

문제에 부닥쳤을 때 우리는 이를 풀기 위해 고심한다.

변호사로서 수많은 분쟁 사례들을 접하면서 깨달은 점이 있다.

사람과 얽힌 문제라면 문제 자체가 아니라 얽혀 있는 사람에 집중하자. 나를 힘들게 하는 그 사람도 결국은 누군가에게는 소중한 아버지이자 아들이며, 한 가정을 지키는 마지막 버팀목일 수 있다. 그는 어떤 삶을 살아왔고 그의 환경은 어떠한가? 그의 관심사는 무엇이고 그의 아픔은 또 무엇인가? 이처럼 상대를 문제와 분리하여 이해하고 용서하려 노력할 때 우리는 문제의 실마리를 발견하게 된다.

옛 현자들은 "남을 용서할 수 있는 상황이라면 용서하라(得饒人處且饒人)."고 했다. 또 "자신을 용서하듯 남을 용서하라(恕己恕人)."고도 했다. 인간관계에서 지나친 엄격함보다는 관용을 베풀고 상대방을 포용함으로써 더 나은 관계를 유지할 수 있다는 가르침이다. 그리고 서로를 이해하려는 마음은 전화위복의 계기가 되기도 한다. 문제 해결의 열쇠는 결국 사람의 마음에 있다.

역린을 건드려서는 안 되는 이유

♣

한 달 전, 서울중앙지검 특수부 강희원 검사 방에 신원을 알 수 없는 사람에게서 투서가 배달되었다. U건설이 중앙 부처 공무원들에게 거액의 뇌물을 수차례 제공해 결국 두 건의 관급공사를 수주했다는 내용이었다.

공무원이 개입된 비리는 특수부 검사들이 사명감을 갖고 파헤쳐야 할 사건이다. 특히 지검장이 일선 검사들에게 공무원의 비리 사건만은 발본색원하라는 엄명을 내린 터라 강 검사는 이 사건을 깔끔하게 처리하고 싶었다. 하지만 의욕과 달리 실마리를 찾기가 쉽지 않았다. 강 검사는 백지에 관련 인물들의 관계도를 그려보았다.

U건설 황○○ 사장
중앙 부처 권○○ 국장, 채○○ 국장, 신○○ 과장

U건설 황 사장은 올해 환갑을 맞은 자수성가형 경영자다. U건설은 최근 몇 년간 관급공사를 많이 수주해 급성장한 신흥 강자다. 여러 정황으로 보아 중앙 부처와 유착돼

있지 않을까 하는 의심이 들긴 했다. 투서는 U건설의 경쟁 업체에서 보내온 듯했으나 확실한 증거가 없어 수사 책임은 온전히 검사가 져야 했다.

중앙 부처 국장급 공무원을 대상으로 한 수사는 신중할 수밖에 없다. 우선 강 검사는 수사계장을 황 사장과 권 국장에게 보내 정중히 몇 가지를 물었다. 황 사장은 권 국장, 채 국장과 몇 번 식사를 한 것은 사실이나 황 사장이 권 국장이 고등학교 선후배 사이여서 식사를 했을 뿐 뇌물 제공이나 부정 청탁은 한 적이 없다고 강하게 주장했다.

*

수사가 지지부진할 즈음, 두 번째 투서가 강 검사 방으로 우편 접수되었다. U건설의 회계장부를 깊게 파보면 분명 불분명한 자금 내역이 있고, 의심되는 공무원 및 가족들의 계좌를 추적해보면 돈이 입금된 흔적을 발견하게 될 거라며 구체적으로 수사 방향을 제시하는 내용이었다.

강 검사는 스타일 구기는 일이었지만 투서를 근거 자료로 첨부해 법원에 U건설 회계자료에 대한 압수 수색 영장을 청구하고, 관련 공무원들과 그들의 가족, 형제들 예금

계좌에 대한 내역 조회를 신청했다. U건설로부터 회계자료를 압수해 수사관들을 시켜 조사해보니 실제로 불분명한 돈의 흐름들이 꽤 발견되었다. 사실 중소 건설업체들의 회계장부는 대기업과 달리 딱 맞아떨어지지 않는다. 따라서 돈이 다소 빈다고 해서 이를 근거로 바로 뇌물 공여로 단정하기는 쉽지 않다.

강 검사는 U건설 회계 담당자들을 불러서 강하게 으름장을 놓았다.

"회계장부를 보니 문제가 아주 많네요. 황 사장이 개인적으로 빼간 돈들, 비자금 형식으로 만들어서 인출한 돈들 다 밝힐 겁니다. 아울러 돈이 어디에 사용되었는지 제대로 설명하지 못하면 여러분들도 배임이나 횡령의 공범이 된다는 점을 명심하세요!"

회계 담당자들은 자신에게 형사 책임이 떨어지는 상황을 두려워한 나머지 황 사장이 개인적으로 현금을 수시로 인출해갔음을 실토했다. 비자금을 운용한 방식은 치밀한 대기업에 비하면 아주 단순한 수준이었다.

강 검사의 목표가 황 사장의 개인 비리 적발에 그치는 것은 아니었다. 고위 공직자들과의 커넥션을 밝혀내는 것이 목표였는데, 고위 공직자들과 기업인의 연결고리를 밝혀내기가 쉽지 않았다. 공무원들의 계좌를 뒤져봤지만 불시에 큰돈이 입금된 정황은 발견되지 않았다. 뇌물을 받는 이들은 꼬리를 밟힐 것에 대비해 절대 자신이나 관련자의 예금계좌에 입금하지 않고 별도로 모처나 안전금고에 보관해둔다.

강 검사는 별 뾰족한 방법이 없어 황 사장을 수시로 검찰로 부른 다음 때로는 호통을 치고 때로는 회유하면서 공무원들과의 유착관계를 자백하라고 다그쳤다.

"황 사장님, 지금 회사 계좌에서 돈이 상당히 비는 것을 확인했습니다. 이것만 엮어도 업무상 횡령, 배임입니다. 법정형이 상당히 무겁습니다. 하지만 황 사장님이 이 돈을 어쩔 수 없이 공무원들에게 줬다고 진술하면 황 사장님에 대해서는 충분히 정상을 참작해드리겠습니다. 물론 뇌물공여 자체도 죄가 되지만 수사에 협조해주신 점을 감안해서 기소유예 등의 불기소 처분을 내릴 수 있습니다. 우리가 중요하게 생각하는 타깃은 부정하고 부패한 공무원들입니다!"

하지만 황 사장은 회사 계좌에서 불분명한 자금은 모두 자기가 개인적으로 급한 데 쓰거나 유흥비로 사용했을 뿐 공무원들에게 뇌물을 준 적은 결코 없다는 기존 입장을 되풀이했다. 수사는 난관에 부딪혔다.

그러던 어느 날 강 검사는 수사관에게서 황 사장이 병원 중환자실에 입원했다는 소식을 들었다. 평소 고혈압이 있던 황 사장이 계속되는 수사와 그로 인한 회사 사정의 악화 등이 겹치자 뇌출혈로 쓰러졌고 상태가 심각하다고 했다.

강 검사는 병원으로 전화를 걸어 담당의사에게 황 사장의 상태를 문의했다. 몸의 3분의 2가 마비됐고 언어 기능이 많이 손상되어 향후 상당 기간 극도의 안정이 필요하다는 얘기를 들었다. 강 검사로서는 그다지 무리하게 수사를 하지도 않았는데, 황 사장이 저 지경에까지 이른 것을 보니 착잡한 마음이 들었다. 결국 이 사건은 더 이상 진행하기가 어렵다는 판단을 하고 내사 종결 처분을 하기로 마음먹었다.

*

그런데 며칠 후 윤성일 씨가 강 검사를 찾아왔다. 수사계장을 통해 U건설 사건으로 검사님을 꼭 만나야겠다고 요청했다는 것이다.

"제가 강희원 검사인데 어떻게 오셨죠?"

이미 김이 빠져버린 U건설 사건이기에 강 검사는 별다른 기대 없이 윤성일 씨를 맞았다.

"바쁘신데 시간 내주셔서 감사합니다. 저는 황 사장님의 운전기사입니다. 이 사건에 대해 드릴 말씀이 있어서 찾아왔습니다."

황 사장의 운전기사라는 말에 강 검사는 짚이는 바가 있었다. 왜 진작 운전기사를 조사해볼 생각을 못했을까, 아차 싶어 무릎을 쳤다.

윤성일 씨는 책상 위에 두툼한 업무 수첩을 펼쳤다.

"이 수첩에 보면 제가 사장님 지시로 권 국장을 만나 돈을 건넨 날짜, 장소, 대략의 금액이 전부 기재되어 있습니다."

강 검사는 수첩에 기재된 내용을 스캔하듯이 꼼꼼하게 읽어 내려갔다.

2010/04/02 권 자 희망주유 앞 / 쇼1개 / 1,000
2010/04/28 권 컨트리 주차장 / 박1개 / 3,000

"윤성일 씨, 이 내용이 정확히 어떤 의미인가요? 대략 감이 오긴 하는데……."

"네. 2010년 4월 2일, 권 국장 자택 근처 희망주유소에서 쇼핑백 한 개에 1만 원 권으로 천만 원을 건넸고요. 2010년 4월 28일 권 국장과 사장님이 골프 치실 때 컨트리클럽 주차장에서 제가 권 국장 차량 트렁크에 1만 원 권이 가득한 박스를 하나 실었습니다. 그게 3천만 원가량 됩니다. 이외에도……."

강 검사는 쾌재를 불렀다. 아니, 어떻게 이렇게 꼼꼼하게 기재해두었단 말인가. 대략 5회에 걸쳐 1억 5천만 원 정도가 권 국장에게 건너간 것으로 보였다.

"수사에 도움을 줘서 고맙긴 한데, 그런데 이걸 왜 이렇게 자세히 기록해두셨나요?"

강 검사는 윤성일 씨가 이런 자료를 만들어뒀다가 이제 공개하는 이유를 물었다. 성일 씨는 크게 심호흡을 한 다음 담담한 목소리로 이야기를 이어갔다.

군대에서 운전병으로 복무하고 제대해서 선배의 소개로 U건설 황 사장의 운전기사로 취직한 성일 씨는 변변한 기술도 없는 자신을 항상 인간적으로 대우해준 황 사장에게 고마운 마음이었다. 이래저래 외부 접대가 많아 새벽까지 황 사장을 수행해야 했지만 힘들다고 생각하지 않았다.

"자네도 공부를 좀 하지 그래? 대학도 못 마쳤다면서?"

황 사장은 마치 후배를 걱정하는 선배처럼 성일 씨에게 공부를 해보라고 권했다.

"어차피 날 따라다니면 대기하는 시간이 많잖아. 그때 스마트폰만 보지 말고 책 보고 공부 좀 하게. 자격증이라도 따면 좋잖아? 평생 남의 차 운전하며 살 수는 없지 않겠나."

성일 씨는 황 사장의 배려에 눈물이 날 지경이었다. 황 사장은 100만 원짜리 수표 한 장을 주면서 "자, 받게나. 이 돈으로 술 사먹으면 안 돼! 책 사서 나 기다리는 시간에는 공부를 하도록 해. 알겠지?"라고 호탕하게 말했다.

성일 씨는 그동안 안일하게 살아왔던 자신을 반성하며 이번 기회를 통해 자신의 인생 계획을 다시 세워보리라 마음먹었다. 우선 서점에 가서 자격증 시험을 위한 교재를 몇 권 구입했다. 성일 씨는 황 사장이 시키는 대로 차량에서 대기할 때면 언제나 책과 볼펜을 들고 공부를 했다. 처음에는 공부하는 습관이 들지 않아 자꾸 스마트폰에 눈이 갔는데, 그 모습을 몇 번 황 사장에게 들켜서 혼이 난 후부터는 단 5분이라도 여유시간이 생기면 책을 보는 습관을 들였다.

*

  어느 날 황 사장은 평소와 달리 마음이 좀 들뜬 것 같았다. 뒷자리에서 창밖을 보며 성일 씨에게 말했다.

  "우리 시골 고등학교 출신 중에 아주 훌륭한 후배가 있더라고. 행정고시 합격하고 벌써 국장 자리에 올랐다는 거야. 참 자랑스러운 후배야. 앞으로 종종 만나서 식사하게 될 거 같아. 자네도 나중에 인사 잘 드리라고."

  황 사장은 사전에 예약된 한정식 집에서 후배인 권 국장과 저녁 식사를 했다. 성일 씨는 그날도 열심히 차 안에서 자격증 수험서를 읽고 있었다.

  9시 반쯤 되었을까. 어느 중년 신사와 같이 음식점을 나오는 황 사장이 보였다. 성일 씨는 차를 대기시키고 차 밖에 나와서 서 있었다.

  "선배님! 오늘 진짜 감사합니다."

  중년 신사는 상당히 술에 취해 있었다.

  "아이고, 후배님. 내가 오히려 더 영광이지요. 차 안 갖고 왔나요? 아니, 택시는 무슨 택시. 내 차로 모셔다드려야죠. 윤 기사, 권 국장님 좀 모셔라."

  성일 씨는 황 사장이 시키는 대로 권 국장을 황 사장 차량 뒷자리에 모셨다.

"윤 기사, 나는 택시 타고 갈 테니 내일 아침에 우리 집으로 오게. 대신 권 국장님 댁까지 잘 모셔다드리고."

성일 씨는 황 사장에게 인사를 하고 차에 올랐다.

"국장님, 처음 뵙겠습니다. 댁이 어디신지요? 어디로 모실까요?"

그러자 뒤에 타고 있던 권 국장은 방금 바깥에서 보이던 태도와는 달리 싸늘한 목소리로 이렇게 말했다.

"노가다 주제에 돈 좀 있다고 거들먹거리는 꼴이라니. 어디서 선배 노릇이야. 나 원 참, 더러워서. 어이, ○○동 ○○아파트로 가!"

많이 취한 권 국장은 성일 씨에게 물었다.

"뭐야, 허…… 공부하나? ○○ 자격증? 그 나이에 무슨 자격증이야?"

권 국장은 갑자기 조수석에 있던 성일 씨의 책을 휙 집더니 뒤적였다.

"아, 제가 학교 다닐 때 공부를 제대로 못해서 이제야 좀 하고 있습니다."

"아이고, 이 사람아. 공부는 다 때가 있는 거야. 그리고 이런 자격증 따서는 아무것도 안 돼. 헛지랄이야, 헛지랄.

당신도 어지간히 갑갑한 인생이구먼, 갑갑한 인생. 커~ 오늘 무지 취하네."

권 국장은 성일 씨 책을 몇 장 찢어서 자신의 입을 닦고는 창밖으로 휙 던져버리더니 뒷자리에서 곯아떨어졌다.

"'술에 취해서 그런 거야. 나도 술에 취하면 그럴 수 있어.' 혼자 여러 번 저를 진정시키려 했습니다. 하지만 그때의 모욕감이 계속 생각이 나는 겁니다. 특히 권 국장 그놈의 비아냥거리는 목소리는 도저히 잊을 수가 없었습니다."

그 후 성일 씨는 황 사장의 지시로 권 국장에게 수시로 돈을 건넸다. 황 사장은 입이 무거운 성일 씨를 신뢰했고, 권 국장 역시 선배에게서 받는 돈이라 그런지 별다른 부담을 느끼지 않았다고 한다.

하지만 성일 씨는 황 사장을 비하하던 권 국장이 황 사장이 주는 돈은 넙죽넙죽 받는 행태에 화가 났다. 그날부터 그는 권 국장과의 모든 만남을 기록했다. 권 국장에게 돈을 건넨 날짜와 장소, 금액을 다 적어놓은 것이다. 언젠가는 써먹을 수도 있다고 생각하면서.

"우리 사장님, 정상적인 생활은 앞으로 힘들다고 합니다. 만약 사장님이 저렇게 되지 않으셨으면 전 이 장부를 공개하지 않았을 겁니다. 하지만 사장님이 쓰러지신 걸 보니 제 눈이 뒤집어지더라고요. 이 정도면 권 국장은 처벌될 수 있지요?"

그 후 강 검사의 수사는 급물살을 탔다. 확실한 참고인인 윤성일 씨를 앞세워 공무원들과 대질신문을 벌이고 관련자들에게 압박을 가하자 권 국장은 자신이 돈을 받은 사실, 그중 일부가 권 국장의 윗선에까지 흘러간 사실을 실토했다. 권 국장과 그의 상사는 각각 징역 3년, 1년 6개월의 실형을 선고받고 파면 처분되었다.

이 사건은 당시 공직자 부정부패 척결 사건으로 언론에 크게 보도되었다. 기업 범죄 세미나에서 만난 대학 후배인 강 검사가 뒤풀이 자리에서 해준 이야기다.

"제가 수사하면서 슬쩍 물어봤지요. 그런데 권 국장 그 양반, 술 먹고 운전기사에게 했던 말과 행동을 기억하지 못하더라고요. 무심코 했던 말과 행동이 얼마나 엄청난 결과를 가져왔는지를 보면 참 섬뜩합니다."

나는 강 검사의 이야기를 들으며, 법적인 쟁점보다는 한 사람의 부주의한 말과 행동이 다른 이에게 치명상을 안기는 칼이 될 수 있음을 실감하고는 가슴이 서늘해졌다.

*

 춘추전국시대 법가사상가 한비자의 '역린지화(逆鱗之禍)'라는 고사가 있다. 용은 하늘과 땅을 다스리는 존재이지만 성격이 온순하여 길들여서 탈 수 있다. 그러나 치명적인 약점이 있는데, 용의 81개 비늘들 중 딱 하나, 턱 밑에 있는 직경 한 자 정도의 거꾸로 박힌 비늘, 역린(逆鱗)이다. 만일 사람이 부주의해서 그것을 거스르게 되면 용은 화가 나 반드시 그 사람을 죽이고 만다.

 한비자는 군주의 분노나 권력자의 치명적인 약점을 역린(逆鱗)에 비유하였고, 이는 관계에서 반드시 조심해야 할 금기 사항이나 민감한 문제라고 할 수 있다. 그리고 누구나 가슴 깊숙이 품고 있는, 절대 건드려서는 안 될 그 역린이 바로 자존심이다.

 사람마다 건드리지 말아야 할 부분이 있다. 누군가에겐 학력일 수 있고 누군가에겐 가족사일 수 있다. 자식, 재산, 외모, 그 외에 남들이 생각지도 못한 무언가일 수 있다. 심리학에서는 이를 '핵심 콤플렉스(Core Complex)'라고 하는데 누군가가 이걸 건드리면 당사자는 지울 수 없는 상처를 입는다.

권력이라는 자리에 취해 타인의 존엄을 짓밟았던 권 국장은 윤성철 씨의 역린을 건드린 것이다. 그리고 마침내, 오만했던 그의 말 한마디가 그의 모든 것을 무너뜨리는 운명의 칼날이 되었다.

우리는 모두 가슴속에 숨겨진 역린을 품고 살아간다. 타인의 역린을 존중하지 않는 말 한마디가 돌이킬 수 없는 결과를 낳을 수 있음을, 이 이야기는 우리에게 말해준다. 한마디 말로 나라가 흥하기도 하고, 한 마디 말로 나라가 망하기도 한다(一言興邦 一言喪邦). 하물며 한 사람의 가슴에 새겨질 말의 무게는 어떠하겠는가.

넘어지면서
제대로 걷는 법을 배운다

♣

 사법시험 합격 후 사법연수원 2년차이던 1993년. 교육과정상 사법연수생들은 국선변호 몇 건을 처리해야 했다. 형사사건의 변호인이 되어 피고인을 위해 '진짜' 변호를 하는 일은 병아리 법조인들에게 가슴 떨리는 도전이다. 혹시라도 내가 맡은 피고인이 죄가 없는데 억울하게 재판을 받게 됐다면 무죄를 위해 싸워야 하고, 죄는 지었더라도 딱한 사정이 있다면 그 사정을 재판부에 호소하여 정상참작을 받도록 해야 한다.

 당시 나의 수습법원이었던 서울남부지방법원에서 내게 배당한 첫 번째 국선변호 형사사건 피고인은 절도 전과 4범인 장 씨였다. 그는 아파트에 세워두었던 다른 사람의 오토바이를 훔쳐 달아났다가 덜미가 잡혔다. 그는 경찰, 검찰에서 본인의 범행 사실을 순순히 자백했음에도 비슷한 전과가 많아 구속이 되었다.

 오토바이는 피해자에게 이미 반환됐으므로 전과만 없었다면 법정에 나가지 않고 검찰 단계에서 약식기소로 벌금형을 받고 간단히 끝날 수 있었다. 하지만 전과 때문에 구속까지 됐고, 만약 절도의 상습성까지 인정되면 징역 2~3년의 실형을 선고받을 수도 있었다.

나는 영등포구치소에 있는 장 씨를 접견하러 갔다. 아직 사법연수생 신분을 벗어나지 못했음을 들키지 않으려고 나이 들어 보이게 뿔테 안경을 쓰고 수염도 깎지 않았다. 법리적 지식이야 기성 변호사에 뒤지지 않을 자신이 있었지만 경험이 부족함은 부인할 수 없었다. 피고인이 내가 사법연수원생이라는 점 때문에 불안해할까 봐 약간의 변장(?)을 감행한 것이다.

나는 사건 기록을 펜으로 톡톡 치며 무게를 잡고 말했다.

"아니, 어쩌다가 이런 일을 또 저지른 겁니까?"

그는 고개를 조아리며 울먹였다.

"정말 죽을죄를 지었습니다, 변호사님. 흑흑."

"아니, 아닙니다. 뭐 그렇게까지 중한 죄는 아니에요. 진정하시고요."

심성이 악한 사람은 아니구나 싶었다. 하지만 여러 차례 절도 전과가 있어서 판사에게 나쁜 선입관을 주기에는 충분했다.

"오토바이를 훔쳐서 팔아넘기기로 하신 거죠?"

"네. 제가 정말 다시는 남의 물건에 손을 안 대기로 했는데, 어머니가 암 판정을 받으셔서 병원비가 필요해서……. 그래서 그랬습니다."

뭐? 어머니가 암 판정을 받으셨다고? 경찰, 검찰 수사 기록에는 없던 내용이다. 이는 범행 동기와 관련된 것이므로 재판부에 어필할 만한 사유다. 나는 상황을 좀더 자세히 말해달라고 했다.

"네, 어머니가 두 달 전에 위암 3기 판정을 받으셨습니다. 흑흑, 큰 병원에 가서 빨리 조치를 해야 한다는데 직업도 없는 제가 뭘 어떻게 해야 할지 막막했습니다. 주위 친구들에게 돈을 빌려보려고도 했지만 잘 안 됐습니다. 평생 저 때문에 마음고생만 하고 사신 어머니인데……. 제가 정말 불효자입니다."

내 눈에도 눈물이 맺혔다. 하지만 '안 돼. 이러면 프로답지 않아 보일 거야. 참아야지'라고 되뇌며 마음을 다잡았다.

"왜 그런 내용을 경찰, 검찰에서 말하지 않았습니까?"

"말해봐야 들은 척도 안 합니다. 수사하는 양반들은 제 잘못만 찾으면 자기 할 일 다 했다고 생각하니까요."

'그래, 이건 변호인인 내가 주장해야 한다.'

나는 마음을 다잡았다.

"변호사님, 저 이번에 꼭 집행유예로 나가야 합니다. 힘 좀 써주십시오."

"네, 저도 그렇게 되도록 노력할 겁니다. 그런데 전과가 있어서……. 혹시 정상참작 사유로 주장할 만한 내용이 더 있나요?"

"관련이 있을지 모르겠지만 혹시나 해서 말씀드릴게요."

*

장 씨의 설명을 듣다 보니 '이것이 인생이다' 스페셜 편에서나 볼 만한 인생유전 스토리였다. 어려운 환경에서도 야간고등학교를 다니며 열심히 공부하던 장 씨는 방학 때 막노동 일을 하다 추락사고로 다리를 절게 되었다. 그런 처지를 비관하다 나쁜 길에 빠져들어 전과를 쌓기 시작했다.

하지만 심성 고운 여성을 만나 결혼하고 다시 마음을 바로잡았다. 열심히 교회에 나가면서 바르게 살고자 노력했다. 선배가 운영하는 정비소에 취직해서 안정된 생활도 시작했다. 그런데 그런 생활은 오래 가지 못했다. 선배의 부탁으로 보증을 섰다가 그만 선배가 잠적하는 바람에 그나마 있던 집은 경매로 넘어갔고, 부부싸움을 하다가 여러 차례 폭행을 해 부인은 가출을 한 상태였다.

그에게 남은 것은 어머니와 일곱 살, 세 살 난 두 아들뿐이었다. 더구나 막내아들은 피부에 희귀병이 있어 꽤 큰돈이 드는 병원 치료를 받고 있었다. 한 인간의 삶이 거센 운명의 파도에 이렇게 휩쓸려 가는구나 싶었다.

"변호사님, 저 이번에 실형 선고받으면 어머니는 그냥 돌아가시고 말 겁니다. 어린 두 애들 돌봐줄 사람도 없습니다. 어떻게든 집행유예를 받을 수 있도록 힘을 좀 써주세요."

"부인에게 연락이 안 되나요? 애들을 누군가 봐줘야 하잖아요. 제가 연락해보겠습니다."

"소용없습니다. 저란 놈이 지긋지긋해서 도망간 사람입니다. 재혼했다는 소문만 들었습니다."

장 씨는 끝내 흐느끼고 말았다. 접견을 마치고 절뚝거리며 돌아가는 그의 뒷모습을 보고 있자니 마음이 아팠다. 국선변호치고는 너무 부담이 큰 사건이었다. '저 사람 인생이 내 어깨에 달렸구나' 하는 생각에 마음이 무거웠다.

나는 수사 기록을 뒤져 피해자에게 연락을 했다. 피해자가 범인의 처벌을 원치 않는다는 처벌불원서를 작성해주면 재판에 유리하다. 피해자는 자기가 왜 그걸 써줘야 하냐고 퉁명스럽게 말했다. 당연히 그럴 만했다. 나는 한 번만 만나달라고 간청했다. 다음 날 피해자 직장으로 찾아갔다. 나는 장 씨의 딱한 사정을 조금 더 과장해서 이야기했다.

"선생님, 죄는 미워해도 사람은 미워하지 말라고 하지 않습니까? 그 사람 지금 처지가 너무 딱합니다. 저는 국선변호인입니다. 무료로 봉사하고 있습니다. 그런 제가 이렇게 부탁을 드립니다. 여기에 서명을 좀 해주시죠."

간곡한 사정에 결국 피해자도 마음을 돌렸다. 부디 잘되길 바란다며 내가 내민 처벌불원서에 서명을 해주었다.

어차피 무죄를 주장할 수는 없었기에 나는 장 씨가 처한 상황을 최대한 부각시키기로 했다. 내가 강조하는 포인트는 다음 여섯 가지였다.

1. 범행 동기: 어머니의 병원비를 마련하기 위한 것이었다.
2. 피해 변제: 오토바이는 피해자에게 반환되어 실제 피해는 없었다.

3. 피해자는 피고인을 용서하고 처벌을 원하지 않고 있다.

4. 피고인은 다리를 심하게 절고 있는 상태다.

5. 부인이 가출을 해서 자식들을 혼자서 키우고 있다.

6. 어머니가 위암 판정을 받았는데, 피고인이 빨리 조치를 취해야 한다.

나는 이 내용을 변론요지서에 자세히 기재했다. 법정에서 최종변론을 할 때 판사가 눈치를 주었지만 10분 동안 장 씨의 사정을 장황하게 설명하면서 '죄는 미워하되 사람은 미워하지 말아야 한다', '우리 사회가 이런 약자들을 어떻게든 보살펴야 한다'라는 메시지를 강하게 전달했다. 하지만 피고인을 바라보는 판사의 표정은 좋지 않았다. 내심 불안했다.

*

바삐 지내는 사이 시간이 흘러 드디어 선고일이 되었다. 보통 형사사건 선고일에는 변호인이 출석하지 않지만 나는 판결 선고 30분 전에 초조한 마음으로 법정에 도착했다. 판사가 입장해 사건 번호를 호명하더니 다음과 같이 선고했다.

"피고인, 피고인은 전과도 많고 이번 사건 죄질도 아주 좋지 않습니다. 하지만 피해자가 처벌불원서를 제출했고 피고인 사정에 참작할 만한 사유가 있어 보이니 이번에 한해 집행유예를 선고합니다. 앞으로는 절대 이런 일 저지르지 마시고 성실히 사세요. 국선변호인도 수고 많았습니다. 피고인에게 징역 1년을 선고하되 그 형의 집행을 2년간 유예한다."

아, 나와 장 씨의 진심이 통했다! 집행유예를 선고받았으므로 바로 석방될 수 있었다. 장 씨는 나를 돌아보며 감격의 눈물을 흘렸다.

나는 영등포구치소에 전화를 걸어 장 씨의 석방 시간을 물었다. 내가 변호한 피고인이 자유의 몸이 되는 현장을 직접 목격하고 싶었다.

그날 오후 5시, 영등포구치소에 도착해 총무과에 들러 석방 절차를 밟고 있는 장 씨를 찾았다. 반가워할 줄 알았는데, 어찌된 일인지 장 씨는 나를 보고는 흠칫 놀라는 모습이었다. 나는 만면에 미소를 띠고 악수를 청했다.

"정말 축하합니다."

나는 장 씨의 손을 잡고 구치소 밖으로 나왔다. 아, 이것이 바로 변호사의 보람이구나 싶어 구름 위를 걷는 기분이었다. 그런데 어떤 여성이 우리 앞에 섰다.

"상구 아버지, 고생 많았어요."

세상에, 이렇게 감동적인 일이! 가출한 부인이 돌아왔구나 싶어 "혹시 이분이 가출했던 부인이신가요?" 하고 장 씨에게 물었다. 그러자 장 씨는 머리를 긁적이며 뜻밖의 말을 꺼냈다.

"죄송합니다. 집사람 가출 안 했습니다."

이게 무슨 소린가. 그러고 보니 장 씨는 더 이상 절뚝거리지도 않았다.

"어, 다리는?"

"아, 구속되고 나서 구치소에서 조금 삐끗했는데, 마침 다리를 절고 있어서 그렇게 말씀드렸습니다. 다행히 이젠 괜찮아졌습니다. 제가 거짓말을 좀 했습니다. 죄송하게 됐습니다, 하하."

'이런 뻔뻔한 인간이 있나.'

나는 망연자실할 수밖에 없었다. 나는 혹시나 하는, 하지만 '제발 그것만은'이라는 심정으로 다시 물었다.

"그럼 어머님 위암…… 선고는?"

"아, 그것도 정말 죄송합니다. 어머니 돌아가신 지 꽤 됐습니다."

그는 나를 보며 겸연쩍은 웃음을 보였다.

"사실 처음부터 이러려고 한 건 아닌데요. 경험 있는 변호사가 왔으면 제 얘기를 안 믿어줬을 거예요. 그런데 딱 보니 사법연수생이더라고요. 어차피 정상참작 사유는 판사 재량이니 국선변호인만 절 믿어주고 잘 변호해주면 승산이 있겠다 싶어 조금 지어낸 겁니다. 사실 피해 물품도 돌려줬고 특별히 피해 본 사람도 없잖아요."

'내가 사법연수생이란 걸 알아차렸구나.'

순간 민망해졌다.

"딱한 사정이 있어야 판사들이 봐주거든요. 원래 이 바닥이 그래요. 보니까 제 말을 참 잘 들어주시고 법정에서 말씀도 잘하시던데, 앞으로 훌륭한 법조인이 되실 겁니다."

장 씨는 부인과 나란히 인사를 하고 총총히 떠나갔다. 한편의 감정과잉 스토리텔링으로 버무려진 나의 첫 번째 국선변호 사건은 그렇게 끝이 났다.

거짓은 때로 진실의 옷을 입고, 불의는 때로 정의의 가면을 쓴다. 그날 나는 법정이라는 공간은 진실과 허상이 교차한다는 것을 깨달았다.

아울러 형사 변호를 할 때는 피고인의 주장도 반드시 크로스체크를 해야 한다는 교훈을 얻었다. 역설적으로 장 씨는 내게 훌륭한 스승이었던 셈이다. 반면교사라고나 할까.

*

 법전의 무게와 현실의 무게는 결코 같지 않다. 수십 권의 책을 읽어 지식을 쌓고 시험을 거쳐 자격증을 땄다고 해서 바로 전문가가 되는 것은 아니다. 지식이나 자격증은 전문가가 되기 위한 필요조건에 불과하다. 전문성의 진정한 가치는 현장에서 마주하는 생생한 경험과 그 속에서 얻는 통찰에서 나온다. 책에서 배운 것만으로 세상을 재단하는 어설픈 전문가가 초래하는 위험은 생각보다 크다. 나의 지난 경험을 돌이켜보건대 정말 그렇다.

 우리는 성장하면서 종종 넘어지고 실수를 한다. 하지만 그 과정에서 얻는 경험이야말로 진정한 성장의 밑거름이 된다. 나는 법률 지식이 충분하다고 자부했지만, 실제 현장에서는 그 지식만으로는 부족했다. 사람을 보는 눈, 상황을 꿰뚫어 보는 통찰력, 그리고 경험에서 우러나오는 지혜가 필요했다. 전문가의 길은 결코 책상 앞에서만 완성되지 않는다. 현장에서 부딪히고, 실수하고, 때로는 속아가면서 진짜 전문가로 거듭나는 것이다. 그런 의미에서 우리는 모두 넘어지면서 제대로 걷는 법을 배우고 있는지도 모른다. 진정한 실수란 우리가 아무것도 배우지 못한 실수뿐이다.

고수의 눈높이에서
세상을 보라

♣

20년도 더 된 예전 이야기다. 당시 내가 근무하던 로펌에서는 부서별로 1년에 한 번씩 1박 2일 워크숍을 갔다. 내가 속한 부서는 민사송무팀이었는데 스무 명에 달하는 변호사와 스태프 전원이 움직이는 행사였다. 그동안 주로 용인이나 춘천 쪽을 갔는데 이번에는 좀 멀리 다녀오자는 의견이 많아 목적지를 속초로 잡았다. 버스 한 대를 빌려 같이 움직이기로 했다.

첫날 오후, 속초 호텔에 도착해 간단히 세미나를 진행하고 저녁에는 바닷가에서 싱싱한 회에 술을 곁들이며 친목을 다졌다. 둘째 날에는 대부분 전날 밤늦게까지 과음을 했기에 제대로 아침밥을 챙겨 먹지 못했다. 총무를 담당한 김 변호사는 A막국수 가게에서 점심을 먹는 일정을 잡았다.

"속초에 오면 무조건 이 집을 가야 합니다. 엄청 유명한 곳이에요."

예전에 속초를 방문했던 몇 명도 이에 동의했다. 대체 얼마나 유명한 곳이기에 그럴까, 궁금해졌다. 버스는 속초 시내를 벗어나 시골길로 접어들었다. 12시가 넘었으니 다들 배가 고팠다. 그때 누군가가 창밖을 가리키며 소리쳤다.

"아, 저기다!"

김 변호사가 가이드처럼 말했다.

"아닙니다. 저긴 짝퉁입니다. 워낙 유명하다 보니 비슷한 이름을 걸고 장사하는 곳이 많아요."

잠시 후 또 다른 누군가가 소리쳤다.

"오, 저기다!"

그러자 김 변호사는 손을 저으며 말했다.

"아닙니다, 아닙니다. 저기는 짝퉁 2입니다. 하하하."

사람들은 짝퉁이 아닌 원조 A막국수 가게를 고대하고 또 고대했다.

그렇게 시골길을 한참 들어가다 보니 큰 주차장에 차량 수십 대가 들어선 A막국수 가게가 나타났다. 성지에 도착한 순례자의 기분이 이랬을까. 우리는 약간의 감격과 설렘을 안고 서둘러 버스에서 내렸다.

아, 그러나 또 다른 고난의 관문이 우리를 기다리고 있었다. 입구에는 긴 줄이 늘어서 있고 식당 관계자가 대기표를 나눠줬다. 우리 번호는 80번대였다.

대체 얼마나 맛있기에 이 정도일까. 사람들은 불만과 기대가 뒤섞인 반응을 쏟아냈다. 입맛을 다시며 20분 남짓 기다린 후 우리는 식당 내 별실로 안내를 받아 들어갔다. 메뉴는 막국수와 메밀전, 녹두전이 전부였다. 벽에는 유명 연예인들의 친필 사인들이 여럿 붙어 있었는데, 이 식당은 홈페이지도 운영하고 있었다.

좌장격인 선배 최 변호사가 서빙하는 직원에게 물었다.

"여기 정말 장사 잘되네요. 밖에서 기다리느라 배고파 죽겠습니다."

그러자 직원이 미안하다는 표정을 지으며 말했다.

"죄송합니다. 원래 이렇게까지 밀리진 않는데 두 달 전에 주방장이 갑자기 그만두는 바람에 주방이 좀 정신이 없어서……."

최 변호사는 20년차 고참 변호사다. 얼핏 봐서는 세상 물정 모르는 학자처럼 헐렁해 보이는데 실제 모습은 그렇지 않다. 준비서면 논리 구성이 탁월하고, 법정에서 상대의 의표를 찌르는 예리한 반대신문 기법이 뛰어난 것으로 유명했다. 후배들 사이에서는 우리 로펌의 3대 천재 중 한 사람으로 통한다.

최 변호사는 다시 직원에게 물었다.

"서울에 지점은 없나요? 지점 내도 아주 잘될 것 같은데요."

"사장님이 예전에 전국 여러 곳에 지점을 낼 것처럼 말씀하셨는데, 그 후로 진행이 안 된 모양이에요. 잘은 모르겠습니다."

정말 그 집 음식이 맛있는지 아니면 배가 고파서 그랬는지 분간은 안 됐지만, 하여튼 우리는 정말 맛있게 막국수 한 그릇을 비웠다.

*

일정을 모두 마치고 서울로 돌아오는 버스 안에서는 피곤한지 모두들 곯아떨어졌다. 나도 잠을 청할까 하고 있는데 최 변호사가 나를 불렀다.

"조 변호사, 속초까지 왔는데 그냥 가면 섭섭하잖아. 안 그래? 내가 뭐 하나 얘기해줄 테니 메모했다가 오늘 밤이나 내일 처리 좀 해줘. 조 변호사가 그나마 믿음직해서 시키는 거야."

워크숍까지 와서 일을 시키나 싶어 조금 우울했지만 선배가 눈치 채지 못하도록 감사하다는 표정을 지으며 지시 사항을 적었다. 메모를 하던 나는 속으로 중얼거릴 수밖에 없었다.

'이 선배 머릿속엔 대체 뭐가 들어 있는 거야. 이 정도면 정말 셜록 홈스다.'

나는 집에 돌아와 잠시 쉰 다음, 선배가 내준 숙제를 처리했다. 인터넷에서 A막국수 홈페이지를 찾아 '관리자에게 메일 보내기'를 클릭했다. 그리고 선배가 가르쳐준 내용을 중심으로 메일을 작성했다.

※ 이 글을 사장님께 꼭 전해주세요.

안녕하세요, 저는 법무법인 ○○○에서 근무하는 조우성 변호사라고 합니다. 이번에 회사 워크숍에 참석해 속초에 갔다가 이곳을 방문했습니다. 음식이 정말 맛있더군요. 감동이었습니다. 오늘 식당을 방문하면서 몇 가지 느낀 바가 있어 말씀드리고자 합니다.

첫째, 비슷한 상호 문제입니다. 주위에 비슷한 이름의 국숫집이 많던데, 처음 오는 손님들은 헷갈리겠더군요. 이처럼 유명한 상호를 비슷하게 따라 하는 행위를 법적으로는 '부정경쟁행위'라고 합니다. 부정경쟁행위는 단순히 상호의 문제를 넘어 오랜 시간 쌓아온 신용과 명성을 침해하는 행위입니다. 법은 이러한 부당한 편승행위로부터 정당한 영업자의 이익을 보호하고 있습니다. 해당 법이 바로 '부정경쟁 방지 및 영업비밀 보호에 관한 법률'입니다. 비슷한 상호를 사용하는 업체들에게 그렇게 하지 말라는 변호사 명의의 내용증명을 보내어 사용을 중지시킬 수 있습니다.

둘째, 직원 퇴사로 인한 제조 방법 등의 유출 위험 문제입니다. 귀 음식점의 요리법, 양념은 다른 집에서 따라 하기 힘든 독특함이 있을 듯합니다. 이런 것은 '영업비밀'로 보호할 수 있습니다. 예를 들어, 코카콜라를 만드는 방법을 우리가 알 수 없는 이유는 코카콜라 사가 그 비법을 영업비밀로 보호하고 있기 때문입니다. 영업비밀로 제대로 보호해놓으면 주방에 있던 직원이 퇴사하고 나가서 비슷한 조리법을 사용하려 할 경우, 이를 법적으로 막을 수 있습니다. 이에 관한 법률도 위에서 본 '부정경쟁 방지 및 영업비밀 보호에 관한 법률'입니다. 다만 영업비밀로 보호받으려면 절차가 까다롭고 직원들의 서약서 등을 받아야 하는데 이 과정에서 전문가의 도움이 필요할 것입니다.

셋째, 프랜차이즈 사업화 문제입니다. 귀 음식점이 서울을 비롯한 대도시에 지점 형태로 진출한다면 손님들에게 좋은 반응이 있을 거라 생각합니다. 그런데 프랜차이즈 형태로 사업화를 하려면 아주 까다로운 법적 절차를 거쳐야 합니다. 근거 법률이 바로 '가맹사업 거래 공정화에 관한 법률'입니다.

저희 로펌은 ○○치킨, ○○피자 등의 프랜차이즈 컨설팅을 담당했습니다. 혹시 프랜차이즈 사업화에 관심이 있다면 연락 주십시오. 도움을 드릴 수 있습니다.

제 연락처는 010-××××-××××입니다.

나는 최 선배의 말을 뼈대로 삼은 뒤 내용을 조금 덧붙였다. 메일을 받은 막국숫집 사장은 어떤 반응을 보일까 궁금했는데 바로 다음 날 A막국수 사장의 전화를 받았다. 첫마디가 이랬다.

"아니, 어쩌면 그렇게 귀신같이 제 고민을 알고 계십니까?"

사장의 설명에 따르면 가장 골치 아픈 문제는 주방장 및 직원 이탈에 따른 영업비밀 유출의 위험성이었다. 그리고 유사 상호 문제는, 자기네가 상표권을 갖고 있지 않아 아무 조치를 취할 수 없다고만 알고 있었는데 상표의 문제가 아닌 부정경쟁의 문제로 대처할 방안이 있다니 놀랍다고 했다. 프랜차이즈 부문은 마침 주위에서 자주 문의가 들어

오고 있어 고민 중이었고 내 메일을 받고 제대로 시작해보려 한다고 했다.

최 변호사와 나는 A막국수 사장의 의뢰를 받아 몇 가지 업무를 처리했다. 일을 처리하다 보니 계속 업무 요청이 들어와 자문 비용을 꽤 받을 수 있었다. 최 변호사는 이 수입금은 속초 워크숍으로 인해 발생했으니 다음 팀 워크숍에 쓰자고 했고, 덕분에 그해 겨울 우리는 용평으로 워크숍을 갈 수 있었다. 이처럼 고수의 한 수는 군더더기 없이 핵심을 찌른다.

*

노자는 "천하난사 필작어이 천하대사 필작어세(天下難事 必作於易 天下大事 必作於細)"라 했다. 세상의 어려운 일은 반드시 쉬운 것에서 시작되고, 큰일은 반드시 작은 것에서 비롯된다는 뜻이다. 한 분야의 고수가 되는 길 역시 마찬가지다. 20년이라는 시간은 단순한 숫자가 아니라, 무수한 실패와 성찰이 두고두고 쌓인 지층과도 같다.

고수는 중수나 하수가 못 보는 무언가를 보고 느낀다. 등산객이 산자락에서 보는 풍경과 정상에서 보는 풍경이

다르듯, 시야의 높이는 곧 통찰의 깊이가 된다. 한 걸음 한 걸음 오르며 넓어지는 시야처럼, 우리의 안목 또한 시간과 경험으로 성장한다.

단순히 외피를 보는 경지(견, 見)가 있다면 이를 꿰뚫어 보는 경지(관, 觀)가 있고, 나아가 문제점과 해결책까지 찾는 경지(진, 診)도 있을 것이다. 어리석은 사람은 결과를 보고, 지혜로운 사람은 징조를 본다. 고수의 안목이란 표면의 무질서 속에서 본질의 질서를 읽어내는 능력이다. 고수의 길은 멀고도 고독하다. 하지만 그 여정에서 우리는 점점 더 높은 곳에 올라 더 넓은 세상을 보게 된다.

해결의 실마리는
사람에게 있다

최희중은 지인의 소개로 우연히 알게 된 사람이다. 나이는 나보다 두 살 어려서 자연스럽게 형, 동생 하는 사이가 되었다. 그는 예전에 꽤 큰 규모의 사업을 했다고 하는데 결국 부도가 나고 가정까지 풍비박산 난 후 조그만 원룸 오피스텔에서 혼자 생활하고 있었다.

그와 나는 동양고전에 관심이 있어 시간이 날 때마다 어쭙잖은 지식을 바탕으로 논어, 주역, 사기 등에 관한 의견을 나누었다. 내가 하는 일은 대부분 분쟁이 발생한 사람들의 갈등을 처리하는 것이라 업무과정에서 받게 되는 스트레스가 만만치 않은데, 간혹 그와 나누는 시대를 초월한 이야기들이 답답한 마음에 청량감을 주곤 했다.

어느 날 그는 지난 2년간의 칩거생활을 끝내고 새로운 비즈니스를 시작하겠다는 뜻을 밝혔다. 이 소식은 나로서도 반가운 일이었다. 지나가버린 시간 속에 그에게 어떤 사연이 있었는지 정확히 알 수는 없었지만 젊은 사람이 계속 오피스텔에만 웅크리고 있는 것은 결코 바람직하지 않았다. 새롭게 시작하려는 일도 IT 기술을 기반으로 한 참

신한 아이템이어서 내심 기대가 되었다.

그러던 어느 날 그에게서 갑작스러운 전화를 받았다.

"형님, 희중입니다. 저 지금 강남경찰서에 체포되어 있습니다."

"뭐? 체포? 무슨 일로?"

"형님, 저……. 그동안 제가 말씀 못 드렸었는데 사실 고소를 당해 기소중지 중이었습니다. 오늘 우연히 불심검문에 걸려서……."

그는 말을 제대로 잇지 못했다. 어떻게 된 일일까. 고소당한 사람이 종적을 감춰버리면 일단 그 형사사건은 보류 처리된다. 검찰은 이러한 사건에 대해 임시로 사건처리를 중단한다는 의미에서 기소중지(起訴中止) 처분을 내리고 잠적한 피고소인에 대해서는 지명수배 조치를 해둔다. 그는 지명수배 중이었던 것이다.

나는 급히 강남경찰서 유치장으로 달려갔다. 최희중은 놀라고 당황했다기보다는 나를 속였다는 미안함에 고개를 들지 못했다.

"죄송합니다. 제가 속이려고 그랬던 것은 아닌데."

"괜찮아. 무슨 일인지 자초지종을 말해봐."

최희중은 몇 년 전 운영하던 회사가 부도처리되면서 여

러 투자자들과의 관계가 악화되었다. 특히 그중에서도 2억 원을 투자했던 방 사장이 최희중을 상대로 형사고소를 했고, 최희중은 그 이후로 세상과 인연을 끊고 잠적해 버린 것이었다.

"솔직히 다른 투자자분들은 제가 그 사업을 위해 얼마나 노력했는지 잘 알기 때문에 부도가 난 것에 대해 같이 마음 아파해주셨습니다. 그런데 유독 방 사장 그 사람은 마지막까지 절 괴롭혔습니다. 물론 사업을 제대로 못한 제가 죄인이지요. 그는 깡패들을 데리고 집까지 찾아와 행패를 부렸고 아내 월급에 가압류를 거는 바람에 결국 아내와도 이혼하게 되었습니다. 방 사장이란 인간, 생각만 해도 치가 떨립니다."

최희중이 가족과 떨어져서 사회와 담을 쌓고 살았던 이유를 그제야 알게 되었다. 그 삶이 얼마나 팍팍했을까 생각하니 마음이 아팠다.

*

어쨌든 지나간 과거는 과거고, 이제 앞으로 이 일을 어떻게 해결할 것인지에 집중해야 했다. 방 사장이 최희중을 고소한 죄명은 사기였다. 사기죄가 성립하려면 최희중이 거짓말을 했고 방 사장이 이에 속아 최희중에게 2억 원을 투자했다는 사실이 인정되어야 한다.

당시 최희중은 투자자들에게 자신의 사업설명회를 진행했다. 대부분 사업설명이 그렇지만 투자를 받으려는 입장에서는 미래에 대한 전망을 낙관적인 입장에서 할 수밖에 없고, 그 역시 투자자들에게 사업 전망이 밝을 것이라 소개했다. 그런데 투자를 받은 직후 반도체 경기가 급속도로 안 좋아지면서 사업적인 어려움을 맞게 된 것이다.

따지고 보면 최희중이 투자자들에게 거짓말을 했다기보다는 자신의 희망을 담은 낙관적인 전망을 했다고 보는 것이 맞다. 예상외의 반도체 경기 침체 때문에 사업이 어려워졌고 결국 부도가 발생한 것이므로 최희중이 고의로 사기죄를 범했다는 방 사장의 주장은 충분히 반박할 여지가 있었다. 나는 그에게 물었다.

"충분히 싸워볼 만했는데 왜 도망만 다녔어?"

"당시는 도저히 싸울 힘이 남아 있지 않았습니다. 사업도 물거품이 되고 아내와도 결국 헤어지게 되니 죽고 싶었습니다. 자살 시도도 몇 번 했습니다. 그러다가 이렇게 시간이 흐른 거죠."

그는 말을 하며 지그시 눈을 감았다.

"오히려 잘됐습니다. 그동안 기소중지됐다는 사실 때문에 외부에 나갈 때마다 신경 쓰이고, 길거리에서 경찰관을 보면 가슴이 덜컥했는데 이제 속이 시원합니다. 죗값 치르고 속 편하게 살 수 있을 것 같습니다."

최희중은 정말이지 가슴을 짓눌렀던 돌덩이를 내려놓는 기분이었다. 하지만 나로서는 이대로 그가 형사처벌을 받게 놔둘 수 없었다. 더구나 이제 새롭게 자신의 일을 시작하려는 시점이 아닌가.

최초 투자를 받을 당시 최희중에게 '사기의 고의'가 있었는지 여부는 법적으로 충분히 다퉈볼 만했다. 그러나 아무래도 마음에 걸리는 것은 최희중이 2년 가까이 도피생활을 했다는 점이었다. 수사관으로서는 뭔가 양심에 걸리는 구석이 있으니 그랬을 것이 아니냐는 선입관을 가질 수 있었다.

사건이 발생했을 때 바로 문제를 정면으로 돌파했어야 하는데……. 그가 문제를 마주보려 하지 않았던 것이 안타까웠다. 인생의 고비마다 주어진 숙제를 제대로 마무리 짓지 않으면 그 숙제는 언제고 다시 돌아오는 법이다.

사건을 처리함에 있어 개인적인 감정이 개입되면 좋지

않은 것을 알지만, 이 사건은 마치 내 동생에게 일어난 일처럼 생각되어 더욱 고민이 되었다. 어떻게 이 난관을 극복해야 할지 머리가 지끈거렸다.

나는 최희중에게 앞으로 내가 변호해주겠다고 안심시켰다. 이 사건은 고소인 방 사장에게 거짓말을 해서 투자를 유치했는지가 핵심임을 강조했다. 그리고 투자를 받을 당시에는 반도체 경기 전망이 좋았고 그가 투자자들에게 설명했던 내용에 대해서는 본인도 사실로 믿을 수밖에 없었으며, 절대 거짓말을 하지 않았다는 점을 한결같이 진술해야 한다고 일러주었다.

*

최희중은 체포된 그날 밤에 남양주 경찰서로 이송되었다. 다음 날 오전 최희중에 대한 경찰의 1차 조사가 있다는 것을 알아내고는 아침 일찍 남양주 경찰서로 달려갔다. 담당 수사관은 윤채동 경위였다. 그는 서른 중반의 나이에도 불구하고 풍파 속에 단련된 듯한 날카로운 눈매를 지니고 있었다. 나는 명함을 내밀면서 최대한 정중하게 말했다.

"어제 강남경찰서에서 송치된 최희중 씨의 변호인입니다."

"네, 곧 수사를 시작할 텐데 입회하시겠습니까?"

윤 경위는 내 명함을 힐끗 보더니 덤덤하게 물었다. 최희중에 대한 수사를 진행할 때 옆에 앉아서 같이 있을지를 물어본 것이다. 변호인이 입회하면 진술의 방향도 잡아주고 수사관 질문에 대해 변호인이 의견도 개진할 수 있어서 피의자에게 유리하다. 하지만 수사관 입장에서는 변호인의 이러한 조치가 성가시게 느껴질 수도 있다. 최희중의 사건 처리는 윤 경위에게 달려 있었으므로 나는 결코 그의 심기를 건드리고 싶지 않았다. 나는 웃으며 말했다.

"굳이 입회까지는 필요 없습니다. 오늘은 그냥 인사드리려고 왔습니다. 저는 밖에서 기다리겠습니다."

나는 내가 최희중을 변호하게 된 이유를 설명했다. 수사관으로서는 2년간 도피행각을 벌이던 사기 피의자가 갑자기 대형 법률회사 변호사를 형사 변호인으로 선임했다는 사실에서 혹시라도 피의자가 숨겨둔 자금이 있는 게 아닌지 괜한 의심을 살 가능성도 있었기 때문이다. 나는 그런 오해를 피하고 싶었다.

"사실 피의자는 사회에서 알게 되어 형, 동생 하며 지내는 사이입니다. 기소중지되었던 사실은 이번에야 알게 되었습니다. 주위에 저 친구를 돌봐줄 사람이 아무도 없습니다. 사업이 망가지면서 이혼했거든요. 그래서 제가 나서서 무료변론으로 도와주고 있습니다."

그리고 수사관에게 수사를 진행하면서 꼭 살펴봐주기를 바라는 부분에 대해 설명했다.

"수사관님께 한 가지만 말씀드리겠습니다. 지금 고소인의 고소 죄목은 사기인데요. 수사관님도 잘 아시다시피 사기죄가 성립하려면 피의자가 고소인을 기망(欺罔)했어야 합니다. 제가 파악한 바로는 피의자가 투자를 받을 당시 다소 낙관적인 전망을 섞어서 투자유치를 권유하긴 했지만 고의적으로 투자자들을 속이려 했던 것은 아니었습니다. 그런데 투자를 받은 후 1년 만에 반도체 경기가 급속도로 안 좋아지면서 피의자가 운영하던 회사도 연쇄 부도 사태를 맞게 되었습니다. 물론 투자자들의 돈을 받아서 회사를 운영하던 사람이 부도를 맞게 된 것은 변명의 여지가 없지만, 그렇다고 해서 사기죄의 책임을 지는 것은 법상 문제가 있습니다. 수사관님께서 피의자가 고소인을 기망한 것으로 볼 수 있는지에 대해 중점적으로 살펴주시면 감사하겠습니다."

윤 경위는 내 말을 듣더니 고개를 끄덕이며 선선히 답해주었다.

"네, 알겠습니다. 투자하는 사람들도 투자를 결정할 때는 무조건 사업이 잘될 거라고 믿는 경우가 많더군요. 그러다가 사업이 제대로 안 되면 난리를 치고요. 하여튼 제가 상세하게 살펴보겠습니다."

적어도 수사관이 무조건 최희중을 나쁘게만 보지는 않으리라는 기대를 하게 해주어 마음이 놓였다. 나는 바깥 대기실에 나와서 기다렸고, 최희중은 포승줄에 묶여서 수사관 앞에 가더니 약 2시간 반 동안 조사를 받았다. 조사가 끝난 후 윤 경위가 나를 불렀다.

"대략 1차 조사는 마쳤습니다. 다만 최희중 씨가 2년간 도피생활을 했던 것 때문에 검찰에서는 구속영장을 청구하라고 하는데, 제가 봤을 때 굳이 구속까지 할 필요가 있나 싶습니다. 변호사님이 출석을 보증해주시면 제가 불구속 수사를 할 수 있도록 검찰에 얘기해보겠습니다."

"네, 제가 피의자의 출석을 보증하겠습니다. 필요하면 서류에 서명하겠습니다."

나는 윤 경위가 제시하는 서류에 사인을 한 후 최희중을 데리고 경찰서에서 나왔다.

"감사합니다, 형님. 그럼 이제 어떻게 되는 겁니까?"

철창 밖으로 나온 최희중의 목소리에는 안도감과 불안이 뒤섞여 있었다.

"일단 자네에 대해 1차 수사를 마쳤으니 다음번엔 수사관이 고소인을 부를 거야. 그 다음에는 자네와 고소인 간의 대질신문이 있을 거고 수사결과들을 취합해서 검찰에 송치하겠지. 이 정도 규모의 사건은 요즘 검찰이 직접 수사를 하지 않는 추세라서 수사관인 윤 경위가 어떻게 결론을 내리느냐가 아주 중요해. 경찰에서 검찰로 사건을 송치할 때 사건 처리에 대한 의견을 붙여서 보내거든. 죄가 있다고 판단하면 '기소의견'으로, 죄가 없다고 판단하면 '불기소의견'으로 송치하는데, 지금으로서는 윤 경위가 이 사건을 '불기소의견'으로 송치하도록 하는 것이 최선의 방법이야."

*

나는 윤 경위가 고마웠다. 변호인의 말에 귀를 기울여준 점도, 그리고 최희중에 대해 불구속 처리해준 점도. 그래서 고마운 마음을 어떤 식으로든 표현하고 싶었다. 변호인이 수사 중인 사건의 수사관에게 고마움을 표현할 방법으로 뭐가 있을까. 고민 끝에 경찰청에 재직 중인 친구에게 전화를 걸어 가장 부담 없이 수사관에게 고마움을 표시할 방법이 무엇인지 물어보았다.

"해당 경찰서 홈페이지 자유게시판에 글 하나 올려줘. 그건 나중에 수사관 근무평정에 도움이 되거든."

"그래? 좋아. 그 정도는 얼마든지 할 수 있지."

다만 지금 수사가 진행 중인 사건이므로 마치 '내 사건 잘 봐주세요'라는 아부성 글로 비치는 것은 피해야 했다. 그 선을 지키면서 고마움을 표현하기란 쉽지 않을 것 같았다.

나는 남양주경찰서 홈페이지에 접속해서 자유게시판에 올라와 있는 글들을 보았다. 상당히 많은 글들이 있었는데 대부분이 '○○○ 수사관이 수사를 편파적으로 진행했다', '왜 신호등 관리를 제대로 안 하느냐', '범죄 신고한 지가 언제인데 출동을 그렇게 늦게 하느냐' 등 수사관의 수사태도나 경찰행정에 대한 불만, 비난, 비판의 글이었다.

나는 심호흡을 하고 홈페이지 자유게시판에 글을 쓰기 시작했다. 아까 경찰서에 갔을 때 슬쩍 살펴본 수사관 명단에 따르면 경제 2팀에 윤 씨 성을 가진 경위는 윤채동 경위뿐이었다. 따라서 굳이 이름을 밝히지 않더라도 경제 2팀 윤 경위라고 하면 경찰서 내부에서는 모두 알 수 있으리라 생각했다.

그로부터 2주 뒤 윤 경위에게서 연락이 왔다. 고소인과 대질신문을 해야 하니 최희중을 데리고 경찰서로 나와 달라는 말이었다. 알았다고 답을 하고 전화를 끊으려는데 윤 경위가 다시 말을 이었다.

"그리고 조 변호사님, 고맙습니다. 저희 경찰서 홈페이지에 올려주신 내용을 본 감찰부서가 제게 연락을 해왔습니다. 다음 달 모범 수사관 표창을 받게 되었습니다. 제가 뭐 특별히 한 것도 없는데 너무 잘 써주셔서……."

"제가 괜히 번거롭게 해드린 것은 아닌지. 저로서는 정말 감사해서 그랬습니다. 그럼 내일 최희중 씨 데리고 가겠습니다."

수사관과 이 정도의 유대감을 형성했다면 아주 좋은 일이었다. 하지만 다음 날 고소인과의 대면이 아직 남아 있었다. 아무리 수사관이 호의적이라 하더라도 고소인이 끝까지 피의자의 처벌을 원한다면 수사관으로서도 선택의 폭이 좁아지는 것이 사실이다.

남양주경찰서로 가는 차 안에서 최희중은 2년 만에 방 사장을 만난다는 사실에 격앙돼 있었다. 방 사장이 지독하게 구는 바람에 자신의 인생이 엉망이 되었다는 원망 때문이었다.

나는 최희중에게 설명했다.

"지금 자네가 방 사장과 대립각을 세워서는 절대 안 돼. 방 사장이 계속 자네에게 억하심정을 갖도록 하면 자네는 결코 이 수사과정에서 좋은 결과를 얻을 수 없네. 사마천 《사기》에 나오는 한신의 '과하지욕(跨下之辱)'을 떠올려보게. 큰 뜻을 품은 한신이었기에 동네 불량배가 싸움을 걸어와도 굴욕을 참으면서 불량배의 다리 가랑이 사이로 지나가지 않았나. 큰 뜻을 품었다면 작은 굴욕쯤은 견뎌내야 해. 이제 새로운 비즈니스로 재기해야 하지 않은가. 예전의 악연들과는 부드러운 이별을 하게. 고소인에게 미안한 마음을 가지고 고개 숙여 사과하는 모습을 보이게. 꼭 그래야 해."

그를 달래고 경찰서로 들어가자 윤 경위 앞에 고소인인 듯 보이는 아주 완고한 인상의 60대 신사가 앉아 있었다. 나는 심호흡을 했다. 중요한 순간이었다. 일단 윤 경위에게 가볍게 목례를 한 뒤 방 사장에게 90도로 인사를 했다.

그러고는 명함을 건넸다. 방 사장은 떨떠름한 표정으로 내 인사를 받더니 명함을 살펴보았다.

"처음 뵙겠습니다. 최희중 씨 변호인인 조우성 변호사입니다. 제가 이 사건을 맡아서 진행하고 있습니다. 방 사장님이시죠? 그동안 얼마나 마음고생이 많으셨습니까? 뭐하나, 최 사장. 얼른 인사드리지 않고."

최희중은 어정쩡한 자세로 방 사장에게 목례를 했다.

"그리도 피해 다니더니 지금 그 꼴이 뭡니까? 옛날에 그 잘나가던 최 사장이 어쩌다 저리 됐을꼬? 쯧쯧."

방 사장은 오랜만에 보는 최희중의 모습에 적잖이 놀란 듯했다.

나는 방 사장에게 "네, 저 친구 사업 망해서 결국 이혼하고 혼자 여기저기 떠돌아다니면서 살다보니 저 지경이 되었습니다."라고 설명했다.

"뭐라고요? 이혼했다고요?"

"네, 하도 채권자들에게 시달리다보니 결국 그렇게 된 것 같습니다. 아무리 끈끈한 부부 사이라도 그런 상황을 버텨내기는 쉽지 않잖습니까."

순간 방 사장은 예전에 자기가 했던 일이 떠올랐는지 겸연쩍어하는 표정을 지었다.

"사장님, 그동안 마음고생이 심하셨겠지만 최 사장 저 친구도 지금 가진 것이 없습니다. 제가 저 친구 사정을 잘 아는데 털어봐야 나올 재산이 없습니다. 부디 선처를 베풀어주시면 정말 감사하겠습니다."

방 사장은 볼멘소리로 항변했다.

"나도 그동안 얼마나 힘들었다고요. 연락이라도 됐으면 내가 이러지는 않았을 텐데, 어느 순간부터 연락을 딱 끊고. 사람 무시하는 것도 아니고 말이지."

"저 친구 이혼당하고 나서 자살시도도 여러 번 했습니다. 사장님께는 죄송해서 연락을 못 했다고 하더군요. 하여튼 죄송합니다, 사장님."

나는 다시 목례를 했다. 그 후 1시간 반 정도 대질신문이 진행되었다. 대질신문이 끝나고 윤 경위가 나를 불렀다.

"잘 해결될 거 같습니다. 아마도 고소인이 고소를 취하할 것 같아요."

"네? 고소취하를요? 만만치 않아 보이던데요."

"제가 설명을 했죠. 이 사건은 기본적으로 사기죄로 성립되기 어렵다고요. 피의자가 투자를 받기 위해 설명했던 내용 중에 다소 낙관적인 부분이 있긴 하지만 그것만으로 투자자를 사기쳤다고 볼 수는 없으며, 어차피 고소를 취하하지 않아도 나는 이 사건을 검찰에 불기소 의견으로 올릴 것이니 서로 편하게 합의를 하자고 설득했습니다. 뜻밖에도 고소인 역시 제 설명을 듣더니 순순히 따르던걸요. 피의자의 행색을 보아하니 별로 돈 나올 구멍이 없다고 생각해서 그런 것 같기도 하고요."

팽팽하던 긴장의 끈이 툭 끊어지는 느낌이었다. 다음 주, 의정부 지방검찰청은 최희중의 사기죄에 대해 불기소 처분을 내렸다. 최희중을 짓누르던 형사처벌의 위험이 사라진 것이다. 3주간의 변호기간이었지만 내가 할 수 있는 최대한의 노력을 기울였던 사건이었다.

*

변호사가 사건의 변호를 맡게 되면 법률적인 검토를 거친 후 법리에 기초하여 피의자를 위해 수사기관과 대립된 관계에서 논쟁을 벌여야 하고 수사과정의 허점을 파헤쳐야 한다. 형사소송법 교과서에는 변호사와 수사기관의 관계가 팽팽한 대립관계라고 표현되어 있다. 하지만 실제 형사변호를 하다보면 그런 식의 접근만으로는 충분하지 않다는 것을 느끼게 된다.

형사사건에 등장하는 중요한 배역들, 수사관, 고소인 그리고 피의자는 모두 '사람'이다. 사람이 사람을 고소하고 사람이 사람을 수사한다. 결국 모든 관계의 중심에는 사람이 있다. 사람은 이성적인 존재이기도 하지만 감정적인 존재이기도 하다. 오히려 감정에 얽매여 이성적인 판단을 그르치는 것이 사람이다.

형사사건 관계자들의 감정적인 충돌은 민사사건과는 비교가 안 될 정도로 훨씬 격렬하다. 자신이 피해를 입었다고 주장하는 고소인도 그렇고 어떻게든 죄를 파헤치기 위해서 피의자와 머리싸움을 해야 하는 수사관도 그렇다. 이런 감정의 격렬한 대립 한가운데에서 오히려 상대방을 이해하고 존중하는 태도를 보일 때 갈등은 더 쉽게 풀린다.

경험이 많지 않은 변호사들은 쉽사리 이런 접근을 하지 못한다. 사건의 내용 자체에만 집중하기 때문이다. 그러나 어느 정도 변호사로서 경험이 쌓이면 사건에 관련된 사람에 더 관심을 두게 된다. 그 속에 해답이 있기 때문이다. 법은 엄격한 규범의 총체가 아니라, 역사를 거듭하며 사람들의 실수와 후회, 용서와 화해가 모여 만들어낸 이정표다.

아리스토텔레스에게 배우는
설득의 기술

♣

N건설의 함 부장이 깊은 한숨을 내쉬었다.

"변호사님, 정말 난감합니다. 인허가 작업이 지연되면 하루 손해액만 무려 천만 원에 이릅니다. 사장님은 당장 해결하라고 난리인데, 민원인은 도무지 합의할 생각이 없는 것 같습니다. 문제가 빨리 해결될 수 있도록 이번 주 내로 바로 법적 조치를 취해주십시오."

사정은 이랬다. N건설은 서울 ○○동에서 오피스텔 공사를 시작하기 위해 인허가 작업을 진행 중이었는데, 그 지역에 사는 김 씨가 자신의 아파트에서 한강을 내려다볼 수 있는 한강 조망권이 침해된다는 이유로 계속해서 관할 구청에 민원을 제기하고 있었다. 관할 구청은 N건설에게 민원 문제를 해결하기 전에는 인허가를 내줄 수 없다고 통보했다.

N건설로서는 공사가 늦어지면 늦어질수록 금융권으로부터 대출받은 사업비에 대한 이자 부담이 늘어나게 된다. 이러한 상황에서 함 부장은 내게 김 씨를 상대로 '공사방해금지가처분'을 제기해줄 것과 형사적으로는 '업무방해

죄'로 고소해줄 것을 요청했다.

나는 일단 법적인 조치에 들어가기 전에 몇 가지 사항을 확인해보자고 했다. 여러 명의 아파트 주민 중에서 유독 김 씨 한 사람만 강하게 이의를 제기하는 점이 이상했다. 그래서 김 씨에 대한 신상정보는 어떠한지, 사전에 N건설의 누가 어떻게 그에게 접근했는지를 물어보았다.

김 씨는 60대 후반의 완고한 남성이라고 했다. 그리고 처음에 N건설의 대리가 방문해서 "법상 조망권은 잘 인정되지 않는다. 괜히 민원을 계속 제기하면 서로 피곤하다. 오히려 우리 회사가 당신에게 법적 조처를 할 수도 있다. 그러니 어느 정도 배상을 받고 공사방해를 중단하라."고 설명했다고 한다. 그러자 김 씨는 성을 내며 "대법원까지 가더라도 상관없다. 어디 한번 해보자!"라고 강경하게 반응했다는 것이다. 아무래도 N건설 담당자의 잘못된 접근방법이 김 씨의 반감을 불러일으킨 것 같았다. 때로는 말한마디가 산을 옮길 수도, 강을 막을 수도 있는 법이다.

내 입장에서는 변호사로서 의뢰인에게 돈을 받고 원하는 대로 민·형사상의 조처를 해주면 되겠지만 이 방법으로는 본질적인 문제해결이 될 것 같지 않았다. 분명 소송 말고도 더 좋은 해결방법이 있을 것 같았다. 고민 끝에 함

부장에게 좀 더 적극적인 협상을 진행해볼 것을 권유했다.

*

 내가 제안한 방법은 이랬다. 우선 N건설 담당 직원 중 젊은 대리급이 아닌 40대 이상의 중견 간부가 협상 대상자로 직접 나서되 최대한 김 씨의 자존심을 존중하는 방법으로 협상을 진행하도록 일렀다. 또한 협상자인 중견 간부는 김 씨에게 N건설 내부적으로 이 문제에 관해 법적으로 대처하자는 강경파와 원만히 타협하자는 온건파가 나뉘었는데 자신은 온건파의 대표로 온 것임을 밝혀야 한다고 조언했다. 더불어 N건설에 부담이 안 될 정도의 유인책을 마련할 것도 당부했다.

 N건설에서는 내부 회의를 거쳐 사람 좋기로 유명한 영업수주팀의 박 부장을 협상 대상자로 정했다. 박 부장은 홍삼 진액 한 상자를 사 들고 김 씨의 집을 방문했다. 마뜩잖은 표정으로 박 부장을 맞은 김 씨였지만 문전박대하지는 않았다. 박 부장은 김 씨에게 앉으라고 말하고는 큰절을 하려고 했다.

 김 씨가 손사래를 치자 "저는 시골에서 자라서 어르신

댁에 가면 항상 큰절을 하라고 배웠습니다."라고 말하며 넉살 좋게 큰절을 했다.

박 부장은 집 내부를 둘러보면서 말문을 열었다.

"어르신께서 인테리어를 멋지게 해놓으셨군요. 우와, 한강 조망이 정말 좋습니다. 이런 전망이 가려진다면 저라도 속이 쓰리겠습니다. 그나저나 이 집은 어떻게 장만하셨습니까?"

박 부장의 부드러운 태도에 마음이 누그러진 김 씨는 차를 건네면서 자신이 10여 년 전에 상처(喪妻)하고 홀로 두 아들을 키우면서도 어렵게 돈을 모아 집을 마련했다는 이야기를 했다. 김 씨가 이 집에 애착이 큰 이유가 있었던 것이다.

박 부장은 자연스레 대화 주제를 김 씨의 두 아들에게 돌렸다. 김 씨는 현재 대기업에 다니는 큰아들에 대해서는 자랑스럽게 이야기를 하면서도, 둘째아들은 제대하고 아직까지 취직을 못해 속을 썩이고 있다고 했다. 박 부장은 김 씨의 말을 주의 깊게 들었.

김 씨는 N건설이 이렇게 마구잡이로 오피스텔을 지어도 되는지에 대해 성토했다. 그 과정에서 박 부장은 김 씨가 정말 화가 났던 이유가 N건설의 젊은 대리가 와서는 고

압적인 자세로 법과 판례를 들먹이면서 '법대로 하겠으니 당신은 버텨봐야 소용없다'는 식으로 무례하게 설명했기 때문임을 알게 되었다. 김 씨는 그때 모욕감을 느낀 것 같았다. 박 부장은 고개를 숙이며 진심을 담아 사과했다.

"그 부분에 대해서는 저희가 정말 결례를 했습니다."

박 부장은 거실에 골프 연습장비가 놓여 있는 것을 발견하고는 김 씨에게 골프를 좋아하느냐고 물었다. 김 씨의 유일한 낙은 친구들과 한 달에 한 번씩 퍼블릭 골프장에서 골프를 치는 것이었다.

*

김 씨의 이야기를 충분히 들은 박 부장은 자신의 이야기를 시작했다. 이번 오피스텔 공사는 N건설 내부적으로도 상당한 금액이 투입된 사업이라 더 이상 미룰 수 없어서 이렇게 찾아오게 된 것이며, 막상 와서 보니 어르신에게 이 집이 얼마나 소중한지를 알게 되어 자신도 문제를 최대한 원만하게 풀어야겠다는 생각이 들었음을 차분히 설명했다.

현실적으로 현행법이나 판례상, 햇빛을 일정한 시간 동

안 받을 수 있는 권리인 일조권과 달리 아름다운 경관을 볼 권리인 조망권은 잘 인정되지 않는다는 점을 최대한 공손하게 근거를 들어 설명했다. 그러자 김 씨가 뜻밖의 대답을 했다.

"나도 알아봤어요. 진짜 그렇긴 하더만요. 법이 뭐 그런지……. 나 원 참."

박 부장은 김 씨가 자신의 주장이 받아들여지기 어렵다는 것을 어느 정도 인정하자 그 틈을 이용해 두 가지 제안을 했다. 지금 현재 취업을 위해 노력 중인 둘째아들에게 N건설 계열사 인턴사원으로 일할 기회를 주고 싶다는 것과 N건설이 회원권을 보유하고 있는 회원제 골프장에 한 달에 한 번 정도 부킹을 해드릴 테니 친구분들과 같이 운동을 하면 어떻겠느냐는 제안을 한 것이다.

김 씨는 무엇보다 둘째아들에게 N건설이 인턴사원의 기회를 주겠다는 말에 깜짝 놀랐다. 부인을 잃고 혼자 키운 아들이기에 그 정이 더 애틋한 것 같았다. 김 씨는 잠시 침묵했다. 그리고 골프 부킹 제안은 고맙지만 사양하겠다는 뜻을 밝히면서도 아들에 대한 제의는 "실례가 되지 않는다면 부탁을 좀 드리겠습니다."라고 조심스럽게 말했다. 박 부장의 호의는 충분히 전달된 셈이었다.

박 부장은 함 부장과 같이 내 사무실에 와서 김 씨와 만난 일을 설명했다. 나는 이야기를 들으면서 박 부장이 참 대단한 사람이라 생각했다. 박 부장은 웃어른들을 공경하는 마음이 컸고 또 실제 김 씨를 만나면서 어떻게든 그분의 감정을 헤아리고자 진심으로 노력했음을 알 수 있었다.

"어떻게 될 것 같으세요?"

법무 담당자인 함 부장은 초조하게 앞으로의 전망을 물었다.

"박 부장님이 워낙 잘 대응하셔서 좋은 소식이 있을 것 같은데요?"

나는 희망 섞인 답변을 했다.

박 부장이 김 씨를 방문한 다음 날 김 씨는 관할구청을 방문하여 예전에 제기했던 민원을 취하했다. 때로는 진정성 있는 대화 한 번이 수많은 법적 공방보다 더 큰 힘을 발휘하는 법이다.

박 부장은 약속대로 김 씨의 아들을 N건설 계열사에 인턴으로 채용했으며 그가 회사 생활에 잘 적응할 수 있도록 멘토 역할을 자처했다. 그리고 종종 김 씨를 초청해 같이 골프를 치면서 좋은 관계를 유지해갔다.

만약 N건설이 김 씨를 상대로 공사방해금지가처분을 신

청하거나 업무방해죄로 형사고소를 했다면 김 씨는 법상 허용된 모든 대응을 다했을 것이며 민원으로 인한 분쟁은 6개월 이상 지속되었을 것이다. 하지만 김 씨의 마음이 다치지 않도록 사려 깊게 다가간 박 부장의 노력으로 N건설은 20억 원 상당을 아낄 수 있었다.

나로서도 손해 본 것이 없는 상황이었다. 의뢰인이 원하는 대로 민·형사상의 모든 조치를 진행했더라면 더 많은 사건을 수임했을 수도 있었겠지만, 그보다는 협상을 통해 문제를 원만히 해결하도록 유도한 것이 긍정적인 인상을 남겨 이후 N건설은 나를 더욱 신뢰하고 이후로도 오랫동안 좋은 관계를 이어갔다.

박 부장은 그해 연말 정기인사에서 이사로 승진했다. 공사민원을 원만히 해결한 것이 승진에 결정적이었다는 뒷이야기를 들었을 때 얼마나 흐뭇하던지.

*

고대 그리스의 철학자 아리스토텔레스는《수사학》이라는 저서에서 누군가를 설득할 때는 세 가지 요소, 즉 로고스(Logos), 파토스(Pathos), 에토스(Ethos)가 필요하다고 했다.

로고스는 말하는 사람의 논리적인 화법, 파토스는 듣는 사람의 심리상태, 에토스는 말하는 사람의 고유한 성품을 의미한다. 아리스토텔레스는 이 세 가지 설득 수단 중 가장 강력한 것은 '에토스'라고 말하면서 성공적인 설득은 다음과 같은 순환과정을 거친다고 했다.

우선 상대방으로부터 호감을 사서 긍정적인 평가를 받은 뒤(에토스), 상대방의 감정에 호소한다(파토스). 그리고 행동 변화의 필요성에 대한 논리적 근거를 제공한다(로고스).

처음 김 씨를 방문한 N사의 대리는 철저히 논리적인 접근을 앞세워 '조망권은 법상 인정되지 않으니 어느 정도 배상금을 받고 민원을 취하하는 것이 당신에게 유리하다'는 식의 로고스적인 접근을 했다고 볼 수 있다. 그러자 김 씨는 마음을 닫아걸고 '어디 한번 갈 데까지 가보자'는 태도를 보였다. 이미 마음이 상해서 이성적인 판단을 더 이상 할 수 없는 상황이 된 것이다.

하지만 두 번째로 찾아간 박 부장은 예의 바른 자세로 상대방의 호감을 사고(에토스), 상대방의 가장 아픈 부분인 둘째아들의 취직문제에 신경을 써주면서(파토스), 조망권이 법적으로는 인정되기 어렵다는 것을 논리적으로 설명했기 때문에(로고스) 완고한 김 씨를 설득할 수 있었다.

미국의 유명한 교육학자이자 철학자인 존 듀이의 말처럼 사람은 누구나 존중받고 싶은 욕구가 있다. 화가 난 사람을 논리로 설득하기란 쉽지 않다. 이보다는 오히려 상대방과 유대감을 가지려고 노력함과 동시에 마음속에 있는 욕구를 잘 파악하는 것이 훨씬 중요하다. 법의 논리는 차갑지만, 인간의 마음은 따뜻하다. 진정한 해결은 법리를 넘어 서로의 마음을 이해하고 존중할 때 비로소 시작된다. 인생은 서로의 마음을 이해하고 존중하는 소통의 여정이다.

내가 변호사를
선택한 이유

♣

나는 1991년 제33회 사법시험에 합격하고 2년간 사법연수생활을 거쳤다. 첫해인 1992년에는 사법연수원에서 다양한 실무교육을 받았고, 이듬해인 1993년에는 법원, 검찰청, 변호사 사무실에서 일정 기간 수습 과정을 거쳤다.

당시 나는 연수과정을 마치고 나면 검사가 되어야 한다는 신념 같은 것을 갖고 있었다. 할아버지와 아버지께서 평생을 공직자로서 살아오셨고 두 분이 항상 입버릇처럼 "우성이는 반드시 검사가 되어야 한다."고 말씀하셨기에 사회정의를 위해 불의와 맞서는 검사의 모습을 동경하고 있었다.

1993년 1월부터 4월 말까지 서울남부지방법원에서 판사시보(試補) 실무수습을 마친 나는 같은 해 5월부터 8월 말까지 부산지방검찰청에서 검사시보 생활을 시작했다. 부산지방검찰청에 출근하는 첫날, 나는 앞으로 내가 몸담을 검찰에서의 생활을 미리 경험해볼 수 있다는 설렘에 무척이나 마음이 들떠 있었다.

검사실에서 내가 할 일은 피의자를 앞에 두고 경찰에서

의 진술과정을 재확인한 다음 누락된 부분을 보완하여 수사기록을 완성하는 것이었다. 쉽게 말해서 '이 사람은 이런 죄를 지은 것이 확실하니 처벌해주시기 바랍니다'라는 내용의 청원서를 작성하는 것이다.

검사시보들은 아직 경험이 부족하므로 복잡한 사건보다 주로 피의자가 이미 경찰에서 자신의 범죄사실을 자백한 사건이나 피해가 크지 않은 사건들을 배당받기 때문에 수사하는 과정에 큰 어려움은 없는 편이다.

*

검찰청에서 내가 처음으로 배당받은 사건은 속칭 '아리랑치기'라고 하는 절도죄 사건이었다. 술에 취해 정신이 혼미한 사람의 물건을 훔치는 것을 아리랑치기라고 한다. 참고로 술에 취한 사람이 정신을 차리는 것을 보고 폭력을 행사하면 그때부터는 이른바 '퍽치기'라고 하는 강도죄가 성립된다.

사건의 내용은 이러했다. '대학생인 김○○은 1993년 4월 ○○일 23시 30분경 부산 북구 만덕동 ○○○ 주변에서 술에 취해 길거리에 쓰러져 있던 피해자 최○○의 양복

윗주머니에서 지갑을 꺼내 현금 5만 원을 절취했다'는 것이었다.

김 군은 범행 직후에 근처를 순찰하던 방범대원에게 적발되어 현행범으로 체포되었는데 이미 경찰에서 범행 일체를 자백했고 불구속 상태에서 수사를 받는 중이었다. 나는 김 군에게서 범죄사실에 대한 세부적인 사항을 모두 들은 뒤 왜 이런 범행을 저질렀는지 이유를 물어보았다.

김 군의 어머니는 유방암 2기 진단을 받아 수술과 항암 치료, 회복 등을 위해 꽤 많은 비용이 필요한 상황이었다. 일찍 아버지를 여의고 동생도 아직 어려서 현재 돈을 벌 수 있는 사람은 자기뿐이었기에 낮에는 학교에 다니고 밤에는 근처 공장에서 아르바이트를 했다. 그날도 아르바이트를 마치고 집으로 돌아오는 길에 술에 취해 쓰러져 있는 피해자를 발견하게 됐고 그 피해자가 몸을 뒤척일 때 양복 안주머니가 불룩한 것을 발견하고는 순간적으로 나쁜 마음을 먹었다는 것이다.

그의 이야기를 듣고 있자니 마음이 먹먹했다. 나는 범죄사실에 대한 진술을 정리한 뒤 김 군의 딱한 사정을 상세하게 피의자신문조서에 기재했다. 그리고 김 군이 현재 대학교에서 장학생이며 학교에서 봉사상을 받은 내역도 알아내어 피의자신문조서 내용에 포함시켰다.

작성된 조서를 지도 검사님께 보여드렸더니 검사님은 다소 난감한 표정을 지으며 "조 시보, 이건 검사가 작성한 피의자신문조서가 아니라 변호인이 작성한 변론요지서 같아. 아랫부분은 전혀 필요 없는 부분이야. 모두 지우지 그래."라고 말했다.

사실 검사님의 말이 옳았다. 형사 사법 시스템의 구성요소인 판사, 검사, 변호사에게는 각자의 역할이 있다. 검사는 범죄사실에 대한 구체적인 주장과 입증을 해야 하고 변호사는 그럼에도 불구하고 범죄를 저지른 사람의 정상참작 사유를 최대한 주장해야 하며, 판사는 검사와 변호사의 주장을 종합하여 판단을 내려야 한다. 그런데 나는 검사의 입장에 있으면서 변호사처럼 주장을 한 셈이었다. 겸연쩍은 마음에 머리를 긁적이며 멀뚱한 표정을 지을 수밖에 없었다.

*

두 번째 사건은 남포동의 어둑한 포장마차에서 일어난 폭력 사건이었다. '직장인 박○○는 1993년 4월 ○○일

21시 45분경 부산 중구 남포동 ○○○번지 소재 포장마차에서 옆자리에 있던 피해자 길○○(17세, 고등학생)와 시비를 가리던 중 격분하여 피해자를 주먹으로 가격하여 안면부 타박상 등 전치 3주에 이르는 상해를 입혔다'는 것이 범죄 사실의 요지였다.

멀쩡한 직장인이 무슨 이유로 고등학생을 때렸을까. 한심하다는 생각이 들었지만 내색하지 않고 박 씨에게 피의자를 폭행하게 된 이유를 자세히 물었다.

그날 박 씨는 친구와 함께 포장마차에 들렀다가 옆자리에서 아주 시끄럽게 떠들며 담배를 피우고 있던 길 군을 보게 되었다고 한다. 장교 출신인 박 씨는 고등학생들이 술을 마시고 담배를 피우는 모습이 심히 눈에 거슬렸다.

그는 점잖게 "어이, 학생들. 좀 조용히 하지?"라고 타일렀다. 그러자 길 군이 "거참, 제기랄. 아저씨는 아저씨 일에나 신경 쓰쇼!"라면서 대꾸하는 것이 아닌가. 화가 난 박 씨는 벌떡 일어서며 "야! 너 지금 뭐라고 했어? 너 학생 아냐?"라고 소리쳤고, 길 군은 "학생이든 뭐든, 당신이 볼펜 한 자루라도 사줘봤어?"라면서 대들었다. 두 사람은 서로 밀치며 몸싸움을 하다 박 씨가 날린 주먹이 길 군의 뺨을 강타하고 말았다.

나는 피의자신문조서를 작성하면서 범죄사실을 간단히 서술한 다음 당시 왜 박 씨가 그렇게 대응할 수밖에 없었는지에 대한 이유를 설득력 있게 써내려갔다. 울분에 찬 눈빛으로 피의자신문조서의 검토 결과를 기다리는 나에게 검사님은 다시 혀를 끌끌 차며 말씀하셨다.

"허허, 조 시보 의견은 피의자를 처벌하지 말자는 건가? 검사가 그런 온정적인 입장을 취하면 도대체 법질서는 누가 지키나? 이 아랫부분은 피의자신문조서에서는 전혀 필요 없는 부분이니 싹 지우라고."

그렇게 나의 검사시보 생활은 처음부터 순탄치 않았다. 이런 경험을 몇 차례 반복하면서 나는 검사라는 직업이 내 적성에 맞지 않는다는 생각을 떨칠 수 없었다.

내 동기들 중에는 피의자가 아무리 사정을 이야기해도 "그건 당신 사정이고 잘못을 저지른 것은 사실이잖습니까? 그 사정은 변호인에게 이야기하세요."라면서 어렵지 않게 단호한 입장을 보이는 친구들도 꽤 있었다. 하지만 나는 피의자의 범죄행위와 그 사람이 처한 어쩔 수 없었던 상황을 분리해 생각하는 것이 몹시 어려웠다.

4개월간의 검사시보 생활을 마치면서 내린 결론은 나의 적성이 검사와는 맞지 않는다는 것이었다. 이런 성격으로 검사 일을 한다면 나도 힘들 것이고, 조직에도 바람직하지 않겠다는 생각이 들었다. 결국 나는 변호사의 길을 택했고 수습생활을 했던 법무법인에서 변호사 생활을 시작했다.

나의 할아버지는 내 이름을 '도울 우(祐)', '정성 성(誠)'으로 지어주시면서 당신 손자가 평생 남들을 돕는 마음으로 살 것을 바라셨다고 한다. 결국 이름을 따라가게 된 건지 변호사로서 보낸 지난 세월을 돌아봤을 때 내가 가장 뿌듯하게 여기는 점은 어려움에 처한 사람들에게 도움이 되는 일을 하고 있다는 것이다.

*

직업을 고를 때 여러 가지 요소를 고려하지만 부모님의 기대나 주위의 시선과 평가를 무시하기란 쉽지 않다. 나 역시 검사가 아닌 변호사로 진로를 바꾸는 과정에서 부모님을 설득하는 데 적잖은 어려움이 있었다. 만약 내가 검사시보로서 수습경험을 하지 않았다면 별다른 고민 없이 부모님의 기대를 좇아 검사가 되었을 것이다. 그랬더라면 아마 심적 고통이 상당했을 것이다.

직업을 선택할 때 적성을 고려해야 한다는 말은 이젠 너무 흔한 충고가 되어버렸다. 하지만 나로서는 실무 경험을 통해 적성을 발견한 것이 인생의 큰 줄기를 바꿔놓았기에 이 말에 뼈저리게 공감한다.

누구나 자기에게 맞는 일이 있으며 이를 거스르며 살다 보면 몸과 마음이 지치기 마련이다. 나에게 맞는 운명의 옷을 입는 것이야말로 참으로 중요한 인생의 이치가 아닐까. 세상에는, 인생에는 수많은 길이 있다. 검사의 칼이 아닌 변호사의 붓을 선택한 나의 여정은 때로 흔들리고 때로 고독하지만, 나는 이 길을 끝까지 걸어갈 것이다.

LOGOS-일과 선택에 관하여

한 개의 기쁨이
천 개의 슬픔을 이긴다

2022년 7월 7일 초판 1쇄 발행
2025년 3월 26일 개정판 1쇄 발행

지은이 조우성
펴낸이 이원주

기획 이민하   **책임편집** 강소라   **디자인** 진미나
기획개발실 김유경, 강동욱, 박인애, 류지혜, 조아라, 최연서, 고정용, 이채은
마케팅실 양근모, 권금숙, 양봉호, 이도경   **온라인홍보팀** 신하은, 현나래, 최혜빈
디자인실 윤민지, 정은예   **디지털콘텐츠팀** 최은정   **해외기획팀** 우정민, 배혜림, 정혜인
경영지원실 강신우, 김현우, 이윤재   **제작팀** 이진영
펴낸곳 (주)쌤앤파커스   **출판신고** 2006년 9월 25일 제406-2006-000210호
주소 서울시 마포구 월드컵북로 396 누리꿈스퀘어 비즈니스타워 18층
전화 02-6712-9800   **팩스** 02-6712-9810   **이메일** info@smpk.kr

ⓒ 조우성(저작권자와 맺은 특약에 따라 검인을 생략합니다)
ISBN 979-11-94246-95-4 (03810)

- 이 책은 저작권법에 따라 보호받는 저작물이므로 무단전재와 무단복제를 금지하며, 이 책 내용의 전부 또는 일부를 이용하려면 반드시 저작권자와 (주)쌤앤파커스의 서면동의를 받아야 합니다.
- 잘못된 책은 구입하신 서점에서 바꿔드립니다.
- 책값은 뒤표지에 있습니다.

쌤앤파커스(Sam&Parkers)는 독자 여러분의 책에 관한 아이디어와 원고 투고를 설레는 마음으로 기다리고 있습니다. 책으로 엮기를 원하는 아이디어가 있으신 분은 이메일 book@smpk.kr로 간단한 개요와 취지, 연락처 등을 보내주세요. 머뭇거리지 말고 문을 두드리세요. 길이 열립니다.